について
囚人 沈黙

Translated to Japanese from the English version of

The Prisoner's Silence

ヴァルゲーゼ・V・デーヴァシア

Ukiyoto Publishing

全世界での出版権はすべて

Ukiyoto Publishing

2023 年発行

ISBN 9789358466775

これはフィクションだ。名前、登場人物、企業、場所、出来事、地域、事件などは、著者の想像の産物であるか、架空の方法で使用されたものである。実在の人物、生死、実際の出来事との類似性は、まったくの偶然にすぎない。

www.ukiyoto.com

謝辞

この小説を書こうと思ったのは、ナーグプルのセントラル刑務所にいる 220 人の終身刑囚を調査したときだった。彼らの何人かは告発された罪を犯しておらず、そのため家族と離れ、投獄されることで、計り知れない不幸に見舞われるのだと痛感した。獄吏たちは、絞首台に吊るされた何人かの囚人が無実の罪で死んだことを知っていた。彼らは、主にアディヴァシス、ダリット、マイノリティなど、社会の中で声なき人々、忘れ去られた人々であった。だから、インドの刑事司法制度は、かなりの程度、デマのままだった。カヌールの中央刑務所で出会った 2 人の受刑者は、インド刑法、刑事訴訟法、証拠法について学んだことを書き直させた。

私はマハラシュトラ州のほとんどすべての刑務所、ケーララ州のいくつかの刑務所、デリーのティハール刑務所、タミル・ナードゥ州とアンドラ・プラデシュ州のいくつかの刑務所を訪問した。これらの刑務所の終身刑囚に会えるように手配してくれた刑務官に感謝している。

洗練された美学と正義感の持ち主であるジルス・ヴァルゲーズが原稿を読んでくれた。彼の学術的かつ哲学的なコメントに感謝している。ホセ・ルークの貴重な意見に感謝する。White Falcon Publishing の Shrimayee Thakur が素晴らしい編集をしてくれた。

TO

名もなく、声もなく、友人もいない囚人たち
が絞首刑になった

他人の罪のために鉄格子の上に。

人間の存在についての瞑想である『囚人の沈黙』は、絞首台へと導く主な被支配源である法律、政治、宗教、神の恐ろしい顔を浮き彫りにしている。人間や神の力は暴力と服従から生まれ、お世辞によって栄え、隷属によって神聖さを獲得する。哲学的で、心理学的で、人間的で、普遍的な社会学的小説である。

ホセ・ルーク、コルカタ

*囚人の沈黙 』は*実存的で間主観的な小説であり、死刑囚でありながら神と対峙する 2 人の囚人を描いている。

トーマ・クンジは無実であり、人間であることの存在論的矛盾であった。基本的権利を否定された彼は、その権利が権力者、金持ち、有力者のためのものだと気づいた。彼は法を恐れ、知らず、法廷でも牢獄でも絞首台でも深い沈黙を守っていた。

ラザクも一人だった。13 歳の時、ケーララ州から逃げ出し、サウジアラビアのオアシスでナツメヤシを栽培していたムハンマド・アキームに去勢され、アキームのハーレムに仕えることになった。ラザックは 19 年間の恐怖の末に脱出し、生まれ故郷の村に戻った。彼の最大の失望は、ゼナナで初めて出会った 11 歳のパキスタンの少女アミラを救えなかったことだ。ふたりは愛し合っていて、一緒に逃げて暮らしたいと思っていた。セックスができなくても、彼はアミラとの交際を切望していた。ポンナニでは、ラザクはインポテンツであることを隠してカリカット出身の女性と結婚した。彼は 1 年以内に妻とその愛人をマラプラムの剣で殺した。

ラザクはアッラーに、なぜムハンマド・アキームが自分を去勢することを許されたのかと問い詰めた。彼はアキームとアラーに復讐したかった。唯一の選択肢は、アキームのように進化することだった。絞首台で、仮面をかぶったトーマ・クンジは、ラザクの弱々しい叫び声を聞いた。

用語集

1.　アバヤ（アラビア語）：アラブ世界の女性が着用するローブのようなドレス。
2.　アルジャヒーム（アラビア語）：地獄。
3.　アラック（アラビア語）：蒸留酒。
4.　アッキ・オッティ（コダグ）：炊いた米と米粉を混ぜて焼かない平たいパン。
5.　バヒヤ（アラビア語）：ゴージャスな女の子。
6.　ケムミーン（マラヤーラム語）：タカジの有名なマラヤーラム語小説で、同名のマラヤーラム語映画もある。
7.　ガラーラ（ヒンディー語／ウルドゥー語）：インドとパキスタンの女性が着る伝統的なドレス。
8.　グルサン（アラビア語）：肉入りの薄いパン。
9.　ハラーム（アラビア語）：禁止されている。
10.　ハーレム（アラビア語）：一夫多妻制の男性の妾のための家。
11.　ホウリ（アラビア語）：忠実な男性信者を楽園で待ち受ける処女。

12.　イブリス（アラビア語）：悪魔の指導者。
13.　ジャハナム（アラビア語）：地獄。
14.　ジャラマー（アラビア語）：羊肉の料理。
15.　ヤンナ（アラビア語）：楽園、天国。
16.　カーフィル（アラビア語）：背教者、不信心者。
17.　Khamr（アラビア語）：ワイン。
18.　クダ（ウルドゥー語）：主よ、アッラー。
19.　ラクシュマン・レーカ（サンスクリット語）：明解なルール
20.　マグレブ（アラビア語）：北西アフリカ。
21.　マシャック（アラビア語）：山羊革で作られた水袋。
22.　マシュラビーヤ（アラビア語）：イスラム世界の伝統建築。
23.　マシュリク（アラビア語）：アラビア語圏の東部。
24.　Mofata-al-dajaj（アラビア語）：鶏肉とバスマティライスの伝統料理。
25.　ムルヒド（アラビア語）：無神論者。
26.　ナワブ（ヒンディー語／ウルドゥー語）：ムガル帝国の総督または英領インドの独立統治者。

27.　Padachon/Padachone（マラヤーラム語）：創造主。
28.　ポダ・パティ（マラヤーラム語）：失せろ、悪党
29.　ポロンポック（マラヤーラム語）：道路や線路などの近くにある未使用の国有地。
30.　サグワン（アラビア語）：チーク材。
31.　Sjambok（アラビア語）：鋭利な金属片が付いた革製の重い鞭。
32.　Themmadi Kuzhi（マラヤーラム語）：教会の墓地にある罪人のコーナー。
33.　Tu Kahan Hai（ヒンディー語／ウルドゥー語）：どこにいますか。
34.　ウンマ（マラヤーラム語）：母
35.　ヴェーシャ（マラヤーラム語／サンスクリット語）：売春婦。
36.　ヤジフ・ジャイダン（アラビア語）：枯れた井戸。

目次

沈黙

ジョージ・ムーケンの屠殺場で豚の首を切断するギロチンのような重い足音がした。トーマ・クンジは左耳を独房の床に近づけてそれを数えた。しかし、24 年後、判事は彼を死ぬまで絞首刑にすることを決定した。トーマ・クンジは判事が自分の実父であることを知らなかった。

彼は 35 歳で、健康で正気だった。

その音は明瞭で、5 人、4 人は体格がよく、ブーツを履いていた。トーマ・クンジは、大統領が彼の最終アピールを却下したとき、1 年間彼らを待った。彼は 3 時まで静かに眠り、目が覚めると、夜の微細な音に耳を澄まそうとした。通常、処刑は早朝 5 時頃だった。毎晩 3 時から 5 時半まで、彼は足音を期待していた。

刑務所は 100 エーカーの敷地にあり、幹線道路からかなり離れていたため、不気味な静けさがアラビアの砂漠の真ん中にあるハレムのように刑務所を包んでいた。終身刑囚のモハメド・ラザクは、思春期と青年期を過ごしたカシムのウナイザでの体験と、ハーレムでの極悪非道な沈黙をトーマ・クンジに語った。ムハンマド・アキームとその息子アディルが所有するナツメヤシ農園で、マレーシア、パキスタン、レバノン、イラク、トルコ、アゼルバイジャン、エジプトから来た女性たちが飼われていた。アミラは 11 歳くらいのパキスタンの少女で、緑がかった瞳と愛らしい顔を持ち、ラザックとウルドゥー語で話すのが好きだった。彼女の祖父母の先祖はラクナウのナワブで、インド分割の際にイスラマバードに逃れ、ガーララの下に金シートを隠していた。彼女はおそらく妾の中で最も若く、有効なビザを持たない不法移民だった。しかし、アキームはアラビア全土に多くのコネクションを持っていたため、彼女を手に入れることができた。花魁たちが 35 歳から 40 歳を超えると、アキームは彼女たちを主にリヤドの裏社会に売り飛ばした。

アキームは自分の屋敷をマシュラビーヤと呼び、それぞれのドクシーをバヒヤと呼んでいた。

典型的なイスラム建築のマシュリク様式のマシュラビーヤで、木彫りとステンドグラスで囲まれたオリエル窓があった。マシュラビーヤは 3 階建てで、女性たちは上の 2 階を使用していた。ラザックの主な仕事は、彼が存分に楽しめる料理を出すことだった。彼は女性の匂いや音、色とりどりの衣装が好きだった。

ラザックは彼らと長時間トランプをして過ごした。歌うことは罪深い、あるいはハラームと考えられていたが、エジプト、アゼルバイジャン、マレーシアの女性たちは、互いに手を叩いてフォークソングを歌った。ラザックは、アキームが留守の時はよく彼らに加わっていた。彼らの歌は主に、恋の物語、別離、生まれ故郷への憧れ、愛する人との出会いについて歌ったものだった。彼らはラザクの心に深く入り込み、悲しみ、嘆き、苦悩、別離の感情を生み出した。ラザクは彼らのためにケムミーンや他の映画のマラヤーラム語の歌を歌った。

吹き抜けの窓から眺める広大なナツメヤシの農園は、少年時代にイエメンからやってきたアキームの父親が植えたものだ。その農園は、ウナイザから 100 キロほど離れた、彼の完全所有のオアシスにあった。アキームは、3 人の妻から生まれた 12 人の娘のうちの一人息子だった。

ハーレムの女性たちは、アキームの父親は狩猟が趣味で、友人や息子と何日も砂漠で過ごしたと噂した。炭火で焼いたガゼルの肉に舌鼓を打ちながら、背後から槍で心臓を貫かれたのだ。アトラトルを投げるのが得意で、アラビアン・ターやオリックスを 20 メートルほどの距離から一投で仕留めることができた。アキームが父を殺したのは、父が築いたデーツヤシの地所とハーレム、そして富を引き継ぐためだった。

週に 2 回、アキームは愛人たちと食事をし、好きなものを食べたり飲んだりして祝うのが楽しみだった。カルダモン、シナモン、ドライレモン、ジンジャー、シャイバの根で炊いた香り豊かなバスマティライスの上に鶏肉をのせたモファタ・アル・ダジャジと一緒に、マシュラビヤで醸造されたワイン、カムルが飲まれた。祝祭日には、若い子羊の肉を玉ねぎと黒胡椒を中心とした香辛料で煮込んだジャラマー（Jalamah）を大切にしていた。彼らが最も好んで食べたのはグルサン（肉、野菜入りの薄いパン）とアラック（小麦、レーズン、ジャガリーを発酵させたアルコールを蒸留したもの）だった。

アキームは恋人たちに会うといつも喜びを表し、一緒にいるのが大好きだった。彼は海外視察から戻るたびに、彼らとラザクに高価な贈り物をした。最高品質のナツメヤシを輸出するためにヨーロッパやアメリカ大陸を訪れ、ナツメヤシ農園のために最新の機械を輸入し、槍の軸となるヒッコリー、レッドオーク、アカシアの木も輸入した。少なくとも半年に一度はアラビア各地を回り、女を買い、女を売った。

時に暴力的で禁欲的で、ほとんどの女性は心の中で彼を憎んでいた。主に夜、40 歳を超えた女性を買いに来た斡旋業者が、拒否した女性をスジャンボックという重い革の鞭で叩き、鞭打ちは長時間続き、金切り声と怒鳴り声で、台所に近い小さな部屋にいるラザックの眠りを妨げた。年月が経つにつれ、アキームは国境を越えて新しい女の子を誘い、古い女の子は姿を消した。アミラは、ラザックがマシュラビヤに到着するわずか数カ月前にマシュラビヤに登場し、毎週の夕食後にはアキームのお気に入りだった。

アキームには 2 人の妻がおり、1 人はイエメンから、もう 1 人はイラクから来た自由な女性で、ハーレムに隣接するマグレブ様式で建てられた別々の双子の宮殿に住んでいた。アディルはイエメン人の妻の息子で、ハーレムに行くことは許されなかった。

アキームはラザクがマグレブを訪問することを禁じていた。

ラザックは 12 歳のときにマラバールに家族を残していた。リヤドの諜報員が彼をウナイザに連れて行き、それから 19 年間、彼はマラバルの家族を一度も訪ねることなく、アキームの後宮に仕えた。ラザックが現地に到着したとき、アディルはまだ 5 歳だった。2 人は友達になり、食事を共にし、マグレブの中庭で 2 人制サッカーをし、アラビア語を学び、コーランを読み、一緒に祈りを捧げた。マシュラビーヤ内の静寂は、真夜中の女性の悲鳴を除けば恐ろしいものだった。ラザックの話はトーマ・クンジを苦しめ、彼はしばしば、その静寂の中で悪魔のような沈黙と散発的な悲鳴を経験した。

アキームが友人のラザックを去勢するのを見て、アディルは大声で泣いた。ラザックが敗血症で 2 カ月間寝たきりになったとき、アディルが看病した。アディルが 6 歳になったとき、割礼が施されたとき、彼はまた叫んだ。彼は自分がまだ男性であることにドキドキし、14 歳でレバノンの少女たちとの性的逢瀬を始めた。やがてアキームは財産の半分をアディルに譲り、アディルは財産の別の一角にハーレムを築いた。

狩りに行くとき、アキームは息子を連れて行かなかった。

アキームの女たちはラザックに親切だった。高価なチョコレート、良い服、香水をプレゼントし、誰もいないときには情熱的に抱きしめてキスをし、自分たちの好きなセックスゲームに誘った。アキームが捕まれば首を切られるとわかっていながら、何度も誰かと寝た。妾たちはラザクを誘い、流れるようなアバヤの中に彼を隠し、しばしば性的衝動で彼を圧倒した。そのしなやかな体には磁力があり、言いようのない活力があった。セックスに飢えた花魁たちは、愛撫と温かい一体感、そして何度も繰り返されるオーガズムを渇望していた。しかし、その数は多く、ラザクはそのすべてを満足させることができなかった。

ラザックは、ラザックがエジプトから来た花魁とベッドを共にしているところを捕まえた日、アキームが偃月刀を持って彼を探していたのを覚えていた。ラス・ムサンダムで子ヒョウがシマハイエナに食べられたように、アキームは怒りに燃えていた。右手に持った刃から血が滴った。

左腕の下にはエジプト人の切断された頭部があった。

「アラー」とアキームは吼えた。

マシュラビーヤの内部は絶対的な静寂に包まれていた。

「あなたの名において、私はカーフィル、ムルヒッドを生贄に捧げます」アキームの叫びがあちこちに響いた。

女性たちの悲痛な叫びがマシュラビヤの空気を満たした。彼女たちは、古着の山に覆われたマットレスの下に隠れていたラザクの差し迫った運命を嘆いていた。彼は2日間、食料も水もなくそこにいた。布団の下に敷かれたスチールコイルが背中に深い切り傷を作った。

3 日目の夜、2 人の女性が彼を助け、食べ物と水を与えた。体を洗い、背中にローションを塗った。彼らの手には血に濡れた衣服が見えた。マシュラビーヤから脱出する余裕はなく、女たちは地下室の蓋を開けた。地下室は長さ約8フィート、幅約 6 フィートの長方形のカタコンブで、2 階から地上までドアも窓もなく、奥行きは約 30 フィート。二面の壁に接して建っていた。アキームはそれをヤジフ・ジャイダン、枯れ井戸、ジャハナム、妾たちの地獄と呼んだ。古着、廃棄されたドリップ、アバヤ、下着、パッドが地下室に積み上げられていた。女たちはラザックに、もっと安全な深みに隠れるように頼んだ。アキームが槍で脳天を突き刺して戻ってくることがわかっていたからだ。

ラザックはゴミをかき分けながら奥へと進んでいった。呼吸は苦しく、悪臭が彼を窒息させたが、死の恐怖よりはましだった。乾いた経血と新しい経血のついた廃棄されたパッドが顔を覆い、深呼吸のために口を開けるたびに苦い味がした。彼は約 15 フィートの深さに落ち着いた。視界が悪いのだ。頭上の寝台からの圧力が重く、横になるのも困難だった。息が荒く、比較的まっすぐに立っていた。

そしてアキームは4日目の夜に戻ってきた。彼は槍を持っていた。突然の静寂が、まるで棗畑の朝靄のようにハーレムの隅々にまで広がった。その沈黙は胸を締め付けるものだった。しかし、アバヤ、ナイトウェア、パジャマ、下着、綿棒などが行く手を阻み、奥まで突き刺すことはできなかった。槍の穂先には新鮮な血の滴も肉もついていなかったので、彼は罵りながら、アッラーの栄光のためにカーフィールに死刑を言い渡すことを約束して戻った。

槍は棒状の武器で、長さは7フィートほど、軸はヒッコリーの木でできていた。アキームは、ヒッコリー、レッドオーク、アカシアから作られた棒を持つ100本以上の槍のコレクションを持っていた。ヒッコリーとレッドオークはカリフォルニア産、アカシアは西オーストラリア産で、すべてアキームが個人輸入したものだ。彼は半年に一度、信頼する部下たちとともに砂漠で岬ウサギ、砂猫、アカギツネ、カラカル、ガゼル、オリックスを 5~7 日間狩った。槍と短剣以外、武器は使わない。探検チームは 20 人ほどで構成され、男性だけで、砂漠で調理し、寝泊まりした。彼らはアラック入りの缶を飲み、皮を剥いだ動物をサグワンの薪の火で丸焼きにしてごちそうを食べた。

5 日目の正午頃、ラザクは優しい声を聞いた。ラザック、ラザック、トゥ・カハン・ハイ?″と彼女が自分の名前を呼ぶのが聞こえた。

彼女は水と食べ物を持っていた。彼女は首にかけたドゥパッタでラザックの顔と唇を拭いた。「飲んで」と彼女はボトルを彼に渡した。ラザックはそれをゆっくりと飲んだ。料理はマトンビリヤニだった。彼女は肉を細かく裂き、指で食べさせた。パキスタンの少女は美しい女性に成長したが、数年のうちにアラビアの冥界で性奴隷となることを宣告された。ハーレムから売春宿に移される。

子供の授乳と同じように、アミラも授乳が終わるまで 30 分以上かかった。そしてラザクの頬にキスをし、彼の顔を自分の胸に押し付けて抱きしめた。

「ここから脱出するときは、私を連れて行きなさい。世界中どこでも、あなたと一緒に暮らしたい。

ラザックは彼女を見たが、黙ったままだった。

「アキームとはイブリスのことです。

「はい、アミラ」と彼は答えた。

「ラザック、私はクダを信じていない。男性である彼は女性を憎み、欲望にまみれ、男性の楽しみのために若い豊満な乳房の乙女であるアヘリのいる楽園を作った。ヤンナでは女性は性奴隷だ。セックスに飢えた文盲のチンピラが、戦争や夜襲の後にあらゆる年齢の女性を捕らえ、アラビアの砂漠で強引に結婚したという実話がある。略奪者たちは戦場で部下の首を切りつけた。イスラム教のために死ねば、楽園で 72 人のアワーリーを得られると信じていた。ラザックを抱きしめながら、アミラは言った。

「女性は地上では妾であり、天上ではアワーである。アッラーは男性の快楽のために女性を創られたのです」　アミラはしばらく言葉を止めた
。

「ラザック、私を連れてって。さもないと、アラビアのどこかの売春宿に行くことになるの」
。

「アミラ、必ずそうするよ」とラザックは約束した。しかし、彼の声はあまりに弱々しかったので、彼女には聞こえなかったかもしれない。

登りながら、アミラはラザックを見た。

信頼の証として、私の右足の裏にキスをしてください」。父が隠れて女性の足にキスしているのを見たことがあります」とアミラは頼んだ。

ラザックは彼女の右足の裏にキスをした。柔らかく、経血に浸っていた。

「アミラ、ポンナニに行って、マラバールのナワブのように暮らそう」とラザックは約束した。

それからラザックは眠った。

翌朝、彼は左肩の近くに古い衣服の束を見つけた。俵からの悪臭は耐え難いもので、触ると指が俵の中に入り、服が滑り落ちた。腐った人肉が指を覆い、目玉が手のひらに乗って彼を見つめていた。

「パダコーン」と叫んだ。

それは新生児の腐乱死体だった。

ラザックは嘔吐して飛び出そうとしたが、足と手が挟まった。水と唾液が出てきた。

もういちど、周囲の古着や汚物を分けようとしたとき、彼の足はまた別の腐敗した死体に突き刺さった。彼は金庫室から飛び出し、脱出したかったのだ。アキームに首を切らせる。ラザックは気を失い、意識を失った。

目を開けたとき、彼は楽園にいると思った。彼らが彼を地下室から引っ張り出したハーレムの女性たちだと気づくのに数秒かかった。彼は全裸で、温水で体を洗い、トルコ製のタオルで体を乾かし、新しい服を着せた。

「ラザック、怖がらないで。彼はリヤドに行っていて、7 日後に戻ってくるから」とアミラは言った。

彼は耳を疑った。ティルールで飲んだくれの父親から逃げ出したときの独り言よりもずっと音楽的だった。父親のバッパには 2 人の妻と 8 人の子供がいた。ラザックは長男だった。バッパはティルールの魚市場で茶屋を営み、妻子とともに茶屋の近くのアドベの小屋に住んでいた。茶店で稼いだお金だけでは家族には足りず、彼は毎日その半分以上を酒代に使っていた。

ラザックは母親のウンマを呼び、魚を売って回った。彼女は魚籠を頭からかぶり、近くの村まで歩いて行った。オナム、ヴィシュ、イードなどの祭りの際には、古着、米、ココナッツオイル、スパイスなどを贈った。しかし、それだけでは十分ではなかった。ラザックの生活には飢えが潜んでおり、年に数日しか、満腹で満足のいく食事をとることができなかった。彼は学校へ行き、中途半端な味のお粥を食べた。

ラザックはウマと４人の兄妹のそばで床に寝た。彼の２番目のウンマと３人の子供たちは別のコーナーにいた。彼は兄弟たちの飢えを感じていた。酒に酔ったバッパの喧嘩は典型的で、肉体的な暴力もあり、母親のかすかなすすり泣きがよく聞こえた。

ウンマはいつも魚の匂いがして、ラザックはその匂いが大好きだった。彼の唯一の夢は、彼女に十分な食事と新しい衣服を与えることだった。その後、彼は、ウンマが簡易ベッドで眠り、モンスーン時の寒さから逃れるために毛布で体を覆えるような、より良い家を持つことを夢見ていた。毎月１回、母親と兄弟を映画館に連れて行くための自転車を空想していた。

友人たちはラザックに、サウジアラビアや湾岸諸国に出稼ぎに行った多くの若者たちの話をした。子供たちは金で遊び、車や家も建てられた。彼は、多くの若者が小舟でマラバールに輝く金属を運んでいることを知っていた。しかし、彼はそれが密輸であることに気づいておらず、捕まれば数年の刑務所行きとなる。密輸はティルール、ポンナニ、オッタパラム、マラプラム、コジコーデで多くの富を築いた。彼らは土地を買い、店を建て、ホテル、レストラン、病院を始めた。彼の友人たちは、彼の泥の家の周りにあるすべての邸宅は、サウジアラビアや湾岸諸国からの金で建てられたものだと言った。

ラザクはアラビアに行き、ウンマを養うために金を持ち帰り、兄弟に教育を施し、家を建て、車を買い、店を開き、幸せに暮らしたいと考えていた。彼はそのことを半年間思い悩み、学校の友人たちとも話し合った。誰も彼を落胆させることはなかった。金持ちになることは彼の権利だと彼らは言った。彼らも出発の準備はできていたし、何人かはすでに出発していた。彼は、学校の生徒数が日に日に減っていることに気づいた。親しい友人が2人、前の週に去っていった。学校に着くと、クラスの担任の先生がUAEに行ったと誰かが教えてくれた。アラビアン・ドリームはあちこちに広がり、子供たちでさえ落ち着きを失っていた。

ある夜、ラザックは母親に黙って家出した。彼女と別れるのが寂しくなり、ひとり呻いた。彼はすぐに、キラキラと輝く金属でいっぱいのバッグを持って戻ってくることを知っていた。多くの船がアラビア半島のさまざまな港へ向かっていたが、彼は3日間海に出ていた若者たちを乗せた船に乗った。ボートに乗っていた諜報員が、ラザックを他の3人の少年（みな少し年上）と一緒にリヤドに連れて行き、別の諜報員に紹介した。日以内にラザックはアキームのマシュラビヤにいた。

ラザクはハーレムの女たちに囲まれて2日間眠った。彼への愛情は天にも昇るようなもので、来世で忠実なイスラム信者に与えられる報酬である楽園のアワーワのようであり、彼がアラビア語のコーランで読んだ喜びのためのものであった。

アディルはラザクがアラビアから脱出する際に、マシャク（山羊革の水袋に金を詰めたもの）を携えた。彼は最愛のパキスタンのアーミラを思い浮かべた。彼女の緑がかった瞳は、彼の瞳の中にあり、彼女の姿は彼の心の中にあった。彼は彼女を連れて行きたいと思い、アディルに懇願した。しかし、アディルはそれに同意せず、父親が一人でも欠けたら他の女性の喉を切り裂くだろうと言った。

ラザックは自信を持っていた。アミラは彼が普通のセックスができないことを知っていたので、それを受け入れた。ハーレムで地獄のような経験をした後、彼女はセックスをするのが嫌になった。そうすれば多くの問題が解決しただろう。彼には伴侶が必要だった。自分を愛してくれる、死ぬ覚悟のできる女性が。彼は最期までアミラと人生を分かち合いたいと思っていた。ニラ川の岸辺に城を建てるだけの富はあった。ラザックにとって、アーミラは最高の伴侶であり、最も信頼できる友人であり、魂の魂であり、その足の裏にキスをしていた。彼は彼女の存在を待ち望み、彼女の顔を探し求め、彼女の美しい目、柔らかな頬、魅惑的な微笑みに魅了された。ラザックは、過去と未来の夢を彼女と共有するのが好きだった。彼と彼女は、地上でも楽園でも最も憂鬱な行為であるセックスを超えていた。そこにはもう愛の営みではなく、交わり、愛、触れ合い、温かい一体感があった。時々、彼は自分のウマよりもアミラを愛していると思い、そのことを悲しく思い、母親よりもパキスタンの女性を愛している罪を恥じた。

ラザックは、アミラがジャハンナムを降りてきて、彼にビリヤニを食べさせていたのを覚えていた。彼女の柔らかくてかわいらしい指が彼の唇に触れた。彼女はゴージャスな心、愛に満ちた心を持っていた。彼はすべての金を彼女と彼女だけのために交換する用意があった。彼は最初から彼女を愛していた。彼は去勢された男であり、女でも男でもない拒絶された人間であるため、彼女がどう反応するかを恐れていた。しかし、彼女はたった一言で彼の世界を変え、歴史を書き換え、これまでに書かれたすべての叙事詩の筋書きを変えてしまった。彼女はこう尋ねた。

アミラは彼の安全に関心があり、彼のために存在していた。「愛してる」と彼女は言った。世界中のどんなものよりも貴重な響きがあった。彼もまた、彼女を心から愛していた。「意地悪で残忍なクダは信じない。アミラは地獄でもラザクを愛していた。ラザクのいない楽園よりも、ラザクのいるジャハンナムを好んでいた。彼女は最愛の人のためにアッラーを否定することができた。ラザクが存在するとき、全能の神は存在しえなかった。アミラは、何百人もの性奴隷となる売春宿での将来に怯えていた。彼女はマシュラビヤから逃れて、愛するラザクと一緒になりたかった。

ラザックがマシュラビヤを去ったとき、アミラは 30 歳だった。しかし、彼はアミラに、去勢を止めなかったアッラーを信じていないと言うのを忘れていた。残酷な睾丸摘出の後、ラザックは無神論者になった。アキーム・アラーのような、残忍で意地汚い人間しか存在しなかった。

ラザックは1エーカーの土地を購入し、アラビア海を見下ろすポンナニに別荘を建てた。彼はメインジャンクションの近くに複合ショッピングセンターを開発した。多くの女性が結婚を望んだが、彼はカリカット近郊のベイポア出身の女性を選び、セックスができないことを隠して結婚した。彼は 32 歳、彼女は 16 歳だった。1 年後、ラザクは妻とその愛人を捕まえ、マラプラムの手斧で 2 人の頭を切りつけた。アキームはイブリスのように彼に憑依した。

ラザクが分かち合いを終えると、笑みがこぼれた。彼は長い間、トーマ・クンジを見つめていた。反応を期待したわけではなく、友人が沈黙の深い意味を理解しているかどうかを確かめたかったのだ。トーマ・クンジは、ラザックの表情が崩れ、唇がループするのを見ながら、ラザックの感情に重くのしかかる不可解な雰囲気を観察していた。ラザクは沈黙の中で悲嘆に暮れていた。

「もしアキームが私を去勢してくれなかったら、私にはあなたくらいの息子がいたでしょう。でも、君は私の息子、私の一人息子なんだ。刑期が終わったら、ポンナニに来て私のところに泊まりなさい」とラザックはトマ・クンジに言った。

トーマ・クンジは信じられないという表情で彼を見た。彼はハーレムのパキスタン人女性を愛したが、20 年の獄中生活の後、ある男を息子として養子に迎えた。ラザクには刑務所にトーマ・クンジという友人しかいなかった。

トーマ・クンジは 11 年前、刑務所の農場で働いていたときに彼と知り合った。ラザクは 20 年の刑期を終えようとしていた。彼は 53 歳だった。刑務所から釈放されて半年も経たないうちに、トーマ・クンジは刑務官から手渡されたラザックからの結婚式の招待状を受け取った。トーマ・クンジにとっては2年目だった。ラザクはマラプラム出身の女性と結婚することに決めた。彼はアミラのような伴侶を探していた。ラザクを愛することができ、セックスに執着せず、彼の沈黙を分かち合えるような。

静寂は金色に輝いていた。しかし、ホステル所長の物静かさは、表向きの優しさとともに謎めいた響きをもっていた。2 分ほど沈思黙考した後、彼女は法廷で、トーマ・クンジがホステルに隣接する井戸に未成年の少女の遺体を落とすのを見たと話した。彼女がひと言で語ったフラッシュバックは、法廷の人々を唖然とさせ、裁判官を雷のように打ちのめした。彼女の証拠が彼の運命を決定づけたからだ。夕方 5 時頃だった。背の高い、ひげを剃っていない顔の人影がホステルの廊下を走り、ポンプ小屋近くの井戸に向かってドアを開け、死体を井戸に落とすのを彼女は見た。彼女はトーマ・クンジだと確信した。

トーマ・クンジがホステルにいたのは、ジョージ・ムーケンの強い要望で一度だけだった。その日は日曜日で、ムーケンはホステルの所長からホステル内のパイプラインの水漏れについて電話があったことを告げた。その日は日曜日だったため、ホステルの配管工は外出中で使えなかった。所長はムーケンに、故障を修理する者を派遣するよう要請した。トーマ・クンジは豚舎の配管工事を担当していたため、ムーケンは自分がホステルへ行って修理をすると主張したが、トーマ・クンジは行きたがらなかった。ムーケンは正午に再びトーマ・クンジに電話をかけ、同じ要求をした。

午後3時頃、トーマ・クンジはホステルに向かった。彼は 2〜3 時間以内に仕事を終わらせたがっていた。しかし、そのことが彼の人生を変え、絞首台に立たされることになるとは想像もしていなかった。

トーマ・クンジは被告席から所長に不信の目を向けたが、その姿は優しく、額にかかる灰色の髪が彼女の嘘、頑固さをカモフラージュしていた。彼女の眼鏡は丸く分厚く、その顔には政府が運営するワーキング・ウーマンのためのホステルで起きた殺人事件が生み出した痛みが映し出されていた。彼女が最後の目撃者だった。裁判官は、55 歳の公務員の証言を信じることに何の不安もなかった。

それにもかかわらず、トーマ・クンジは、審問の前であっても裁判官が自分の運命を決める可能性など考えもしなかった。約 48 歳の裁判官は、ある女子大生が自分の赤ちゃんを中絶しないと告げた日から、自分の創作による深い沈黙に苦しみながら、決して明かされることのない秘密を胸に秘めていた。彼は若い弁護士で、彼女は彼の事務所を訪れ、自分の大学で法律と文学について話をしないかと誘った。彼女は、賛辞に満ちた的確な言葉で先生や仲間に彼を紹介した。彼女の知性、リーダーシップ、コミュニケーション能力に彼は魅了された。

彼女は彼の分析力と法律の専門知識を賞賛していた。簡潔な言葉で聴衆を納得させる彼の能力は独特だった。

二人の友情は深まり、よく会い、若い弁護士の自転車でいろいろな場所を旅し、暖かい距離で夜を過ごした。

トーマ・クンジをコートに見たとき、彼の沈黙は粉々に砕け散った。裁判官が被告人の名前を黙読した：トーマス・エミリー・クリエン彼は驚いてトーマ・クンジを見た。トーマ・クンジの姿に彼の顔が映っていた。

静寂には振動があり、女性の悲痛な叫びを孕んでいた。判事の 25 年間の沈黙が、この叫び声とともに響き渡った。

年老いたホステルの監視員の目撃証言が、24 歳の男の運命を決定づける評決につながったのだ
。

"死ぬまで首を吊っておけ"。

判決は短く、的確だった。

トーマ・クンジの母親であるエミリーは、アキームの妾たちの柔らかさとは異なる沈黙に苦しみ、年老いたホステルの所長の沈黙からは距離を置かれていた。エミリーの沈黙は胸を締め付け、トーマ・クンジの体を貫き、家全体に浸透した。彼女の静けさは優しく、寛大で、愛情に満ちていた。トーマ・クンジは 12 歳になるまで

、子供時代の思い出や大学時代の話をしたがらなかった。トーマ・クンジは、彼女の説明に口を挟むことなく、敬虔な態度で彼女の話に耳を傾けた。しかし彼は、彼女が話をしながらも洞察力のある冷静さを保っていることを感じていた。

トーマ・クンジは、底知れぬ沈黙の中で彼女の記憶を持ち続けた。刑務所の中で、彼はいつも彼女のことを思い出していた。それは決して切れることのない絆であり、彼は彼女の沈黙とともに成長した。彼は彼女の静寂の中で瞑想し、彼女の愛らしい存在感で独房を一変させた。

独房での最初の数カ月は、夜が長くて恐ろしかったが、夜が昼の光と融合し、無関心を失うにつれて、その恐ろしさを知るようになった。徐々に夜が楽しくなり、希望と静けさに包まれるようになった。暗闇の中で、彼は自分のことがよく見え、自分の内なる波動と独房の波動をより意識するようになった。その独房はヤジフ・ジャイダンのようなもので、ラザクはそこで３昼夜、戯言と腐敗した人肉に浸っていた。決して同情的でも好奇心旺盛でもなく、用心深く執拗に、独房はまるで法医学医が死体を扱うように彼を保護した。窓のない４つの壁の中で、彼は自分の呼吸、鼓動、動悸、そして餌と仲間を探す野良アリの繊細な鳴き声を数えることができた。独房の外から聞こえてくる音には独特の風格と意味があった。真夜中を過ぎると、近づいてくるウェーダーには別の目的があった。彼らは強大な手に死を携えていた。

しかし、アプーの顔を打つ前から死への渇望があった。唇からは血が溢れ、歯はバラバラになり、鼻は潰れた。強烈なヒットだった。「お前の母親はヴェーシャだ」と叫んだ。アンビカは怯えた表情をしていた。しかし、アプーの鼻を潰したのには理由があった。よくもママを売春婦呼ばわりしたものだ。それは罰であり、抑止力ではなく、矯正でもなく、マハーバーラタに出てくるサクニのような復讐だった。

何人かの生徒が噂をし、教師が望まない同情を示したことから、死にたいという願いが芽生えた。存在を消したいという強烈な願望だった。生まれたときから、死への憧れはあった。ママはよく、赤ちゃんが小さな手で布団を顔にかけようと何度ももがき、呼吸を詰まらせていると言っていた。ママは正しかった。死ぬことにはスリルがあり、生きることへの憧れを満たしてくれる。ママ、パパ、アプー、ユースホステルの所長、判事、看守、そしてジョージ・ムーケンの豚小屋の豚たちは、毎日毎日、死ぬためにもがき、死の感触、暖かさと冷たさ、柔らかさとざらつきを体験しようとした。教会の前で十字架に吊るされたママの無残な死体を見て、人生の腐った目的を植え付けられた。人生の最終的な結末は死であり、人生におけるすべての憧れは死への憧れだった。ママはココナッツの殻で縄を作った。真夜中過ぎ、彼女は教会まで歩いていった。毎週日曜日になると、十字架のそばに置いてある箱にお金を入れていたので、彼女はその巨大な石の十字架を知っていた。ママはロウソクに火を灯し、静かに手を合わせて祈ることを忘れなかった。彼女は、イエスの聖心、聖母マリア、そして AD52 年にマラバール海岸に上陸して彼女の先祖を改宗させた使徒聖トマスに、トマ・クンジとクリエンを守ってくれるよう懇願した。彼女はロープを十字架の手の上に投げ、プラスチックのスツールを使って自分で輪で結んだ。そのコイルは彼女を威嚇しただろうが、首を撫で、絞め殺した。

11 年間の獄中生活で、トーマ・クンジは多くのことを学んだ。死は沈黙し、決して音を立てなかった。死の準備は音と怒りを生み出した。獄中での沈黙は、嘆きと悲しみの表現だった。静寂の中に隠された挽歌があり、それを聴くには細心の注意を払う必要がある。それはまるで葬送音楽を楽しむようで、美しく、静謐で、喜びに満ちていた。不協和音で、メロディアスでもなく、至福に満ちたものであれば、誰も演奏しなかっただろう。ママの葬式では、音楽はなかった。牧師は彼女を墓地に埋葬することを拒否し、彼女は罪深いから首を吊ったのだと言った。彼の目には邪悪さと欲望があった。数年後、ジョージ・ムーケンは、ママの墓を掘るために一片の泥を許すために牧師に大金を支払ったが、その額は明かさなかったという。ムーケンは、生への渇望を抱いていたママの死への願いを理解した。

ママは国営学校の清掃員の仕事に就こうとした。アポイントメント・オーダーは彼女の気分を高揚させ、沈黙はすぐに消えた。彼女の英語は読み書きができ、素晴らしかった。彼女はコダイカナルの公立学校で学んだが、大学を卒業することができず、小学校で教えるための教師としての訓練も受けていなかった。大学2年のときに妊娠し、出産後、クリエンとマラバールに向かったが、彼はトーマ・クンジの父親ではなかった。エミリーは結婚前から、自分を捨てた弁護士との関係をパパに話していた。パパがママとの結婚を決めたのは、同情からではなく、愛情からだった。クリエンはジョージ・ムーケンの豚舎で働き、エミリーは官立学校の掃除夫となった。学校の校長でさえ、英語の手紙や案内状の下書きによく彼女の助けを求めた。

トーマ・クンジが 12 歳のとき、エミリーは息子に自分の話をした。トーマ・クンジは彼女の伝記を受け入れ、頭を高く掲げた。

教会が運営する学校では政府が給料を支払っているにもかかわらず、教区の司祭は教区の学校で清掃員の仕事をするためにかなりの額の賄賂を要求した。

教会の墓地に彼女を埋葬するため、牧師は金額を受け取った。

パパはムーケンが豚舎を始めるのを手伝った。彼は獣医大学で1年間研修を受け、豚の飼育に関する新しい技術を学んだからだ。彼はムーケンで最初のフルタイム従業員であり、その後 15 人の従業員を育て、10 年以内に監督者となった。彼らはイドゥッキ、ワヤナド、クーグの養豚場を訪れ、トラック1台分の子豚を購入した。ムーケンはインド中のレストランやホテルに豚肉を輸出した。彼は土地や商品、車やトラックを手に入れ、50セントの土地をパパに贈り、3つの部屋とキッチン、トイレのある家を建てるのを手伝った。しかし、漆喰を塗る前にパパが死んでしまった。カルナータカ州警察は理由もなく彼を殴った。というのも、このトラックは2週間前に有効期限が切れており、有効な公害防止管理証明書を持っていなかったからだ。ムーケンは、死刑になるような犯罪ではなかったにもかかわらず、証明書をもらい忘れたのかもしれない。

カルナータカ州警察はしばしば、国境を越えたトラック運転手に対して、薄弱な理由で厳しい処罰を下している。彼らは2千ルピーの賄賂を要求したが、パパは支払いを拒否した。ムーケンは、官僚や教区司祭に賄賂を払わなければ事業を始めることができないとして、さまざまな便宜を図るよう誘導したため、その金額を支払ったのだろう。パパは雇い主の金を守りたかったがために、非情な最期を遂げることになった。彼は小柄な男で、そのか弱い体は警察のサディスティックな暴行に抵抗できず、重傷を負ってその場で死んだ。彼は血を吐いた。警官の中には恐ろしく冷酷な者もいたし、金を稼ぐために非人間的な振る舞いをする者も多かった。彼らにとっては、パパが自分たちの権利だと考えている誘惑の支払いを拒否することで、ペナルティを支払う必要があったのだ。すべての死刑は、事実であれ想像であれ、権利の侵害である。しかし、死刑になった者の中には無実の者もいた。人々は被害者のことだけを心配し、犯罪に無関係な囚人のことなどほとんど気にかけていなかった。社会が声なき被告人の無実を気にかけることはめったにない。誰かが死に、究極の代償を払わなければならない。絞首台や警察の手で死んだ後、命を落とした人物が無実かどうかを確認しようとする者は誰もいなかった。ママはパパの折れた手足を見て泣いたが、粉々になった肝臓、穴の開いた肺、心臓、膵臓は想像もできなかった。

カルナータカ州警察は、狂った象がパパの遺体を押しつぶしたという話をでっち上げた。激怒した動物を檻に入れることはできなかった。ただ、警察やこの話を聞いた人たちの心に迷い込んだだけだ。パパの死後も、ママは生きる希望を紡いだ。

希望と絶望は背中合わせであり、両者が分かれる瞬間を見分けるのは容易ではなかった。裁判官が評決を下したとき、そこには絶望と期待、生き方を失った苦悩、そして新しいものを見たいという熱望があった。彼が最後の上訴に敗れたときでさえ、憂鬱と楽観があった–独房を失った悲しみと、足場を見ることへの期待。絞首台の上に立っている間は、寂寥感と自信があるだろう。死は絶対的な喜びであり、縄は締め付けられ、死体は宙にぶら下がり、刑法、刑務所の職員、そしてパダチョンに挑戦することになる。アミラがアッラーに挑んだように、エミリーは十字架につけられた救世主に挑んだ。

トーマ・クンジは左耳を床に近づけていた。右耳は警察署で警官に拘束された際に暴行を受け、聴力を失っていたからだ。

トーマ・クンジは、金属製の鍵が鍵を開ける音を聞いた。独房の鍵は二重で、彼が6年間働いていた刑務所の鍛冶場で作られた巨大な南京錠が 2 つあった。彼は2年間大工仕事をし、さらに2年間農場で働いた。最終的な上訴を拒否された後、彼は逃走経路を塞ぐために二重ロックが施された独房に収容された。1 年間、彼は死刑執行を待っていた。毎朝、足音とブーツの音が待ち遠しかった。朝の 3 時から 5 時半までが、人生を充実させるための最も苦しい時間だった。荘厳な足音とウェーダーの重い音に耳を澄ませながら、待つことが彼に希望と熱望を与えた。

監督官、2 人の牢番、看守、医師とともに歩く姿は威厳に満ちていた。両手は後ろから縛られる。共和国記念日にジャンパトで行われたパレードのようなものだ。ボーイスカウトの一員として、トーマ・クンジはかつて参加したことがある。彼は 8 期生で、学校から選ばれた唯一の生徒だった。唯一の違いは、絞首台への行進にはバンドも音楽も馬もなく、事前の訓練も必要なかったことだ。トーマ・クンジは共和国記念日のパレードのために 3 ヶ月の訓練を受け、2 ヶ月は地区本部で、1 ヶ月はニューデリーで訓練を受けた。エミリーはそのとき生きていて、テレビでその番組をすべて見ていた。パレードの後、彼は母親、パルヴァシー、ジョージ・ムーケン、先生、友人たちにたくさんのプレゼントを持って家に戻った。アンビカのためにレッド・フォートのレプリカがあった。エミリーは彼を誇りに思い、抱きしめた。彼はヒーローだった。しかし、刑務官とのパレードは絞首台で終わった。通常、絞首刑は早朝 5 時頃に行われた。同じギベットに 2 本の縄がかけられていたので、2 人の囚人を同時に絞首刑にすることができた。

絞首刑はイギリスによって導入されたとはいえ、インドの文化に最も適した苦痛の少ない刑罰である、と判事は死刑宣告を行なった。まるで経験したかのような口ぶりだった。彼はそれを何千回も経験したかもしれない。イギリス領になる前、ムガール人は囚人の頭を象で押しつぶしたり、剣で首を切り落としたりと、さまざまな処刑方法を持っていた。まるで、ユダヤ人が住むアラビアのオアシスに夜襲をかける文盲のならず者たちのように、死後の世界での七十二時間の快楽のために。

裁判官は中年の男性だった。トーマ・クンジは、彼の年齢に触れると裁判官のように見えるだろう。独房の中では無精ひげを剃ることができないためだ。事件簿に目を通し、彼の名前を読んだ裁判官は、好奇の目で彼を見た。トーマ・クンジは被告人であり、裁判官は最終審問まで彼を刑務所に送った。判事は自由の身となり、トーマ・クンジは未決裁判となった。

有罪判決を受けたとき、トーマ・クンジは炉で働いており、最高の鉄鍛冶だった。看守はよく、彼の技術はドイツ人のように見事だと言っていた。刑務所の炉を担当する前に、牢番はフェルクリンゲンの鍛冶屋で１年間の訓練を受けた。トーマ・クンジは、鍛冶の熱と音、そして彼が形づくる最終製品が好きだった。彼は自分をロックする錠前を型にはめ、それを自覚していた。「自分の未来を型にはめ、自分の人生に鍵をかけ、その鍵を深い渓谷に投げ捨てるのです」ママは料理をしながら言った。トーマ・クンジは窯の中にいたときの彼女の言葉を思い出したが、錠前を形づくることができたことを喜んだ。独房の中では、彼は安全だった。危険は独房の外、懲罰室、警棒、鎖、そして最後にジベットだった。「運命は自分で選ぶものだ」というのが牢番の意見だった。彼はカルマを信じていた。

鍛冶屋の牢番は、人間は自由に創造され、誰もが自由意志を持っている。ひとたび法を破れば、その行為に責任を負い、罰を受けるのは当然である。しかし、彼は他の看守とは違って、囚人を鞭打つこともなく、虐待することさえなかった。彼の手は刑務所の金品で汚れていなかった。それとは対照的に、監督官や他の役員は自由に富を蓄えることに耽り、鍛冶屋の牢番は獄中で不適格者となった。トーマ・クンジは彼を尊敬していたが、犯罪に対する彼の哲学はナイーブだと判断した。

牢番は信者で、毎日祈りをささげていた。彼は自宅の食堂に隣接して小さな礼拝所を作り、妻と一緒に花やオイルランプ、線香を焚いて象の神ガネーシュに祈りを捧げていた。ヴァクラトゥンダ・ガネーシュ・マントラを唱えながら、偶像の前で少なくとも 30 分は過ごした。

人間は限られた意味においてのみ自由であり、過去、現在、未来は決定され、逃れることはできない。しかし、誰もが逆境や苦難に耐える力を持っていた。3 日間にわたる壮絶な戦いの末、孤独な老アングラーが海の真ん中で自分のボートよりもはるかに大きな巨大カジキを釣り上げた。彼はカジキを巻き上げ、銛で打ち付け、カタマランの脇に縛り付けて、海岸に向かって漕ぎ出した。サメは魚を襲い、漁師は執拗にサメと戦った。岸に着くと、釣り人は釣った魚の骨格が伸びているのを見つけ、人々はそれを見ようと群がった。その夜、彼はライオンの夢を見て眠った。トーマ・クンジはその意味を理解できなかった。しかし、彼は人間が勝つためにそこにいることを学んだ。

トーマ・クンジは敬虔さを嫌い、神を憎んでいた。母親が教会の前の十字架で首を吊った日、彼は家の壁からイエスの聖心、聖母マリア、聖人たちの像を燃やした。ジョージ・ムーケンが調理用ガスを作るために豚の尿を集めていた穴に、ビニール袋に入れた灰の束を投げ入れた。トーマ・クンジは母親の埋葬後、教会に行かなくなった。彼は教会に入ることも、残酷でナルシストな神を崇拝することもしないと誓った。ラザックの話は、パダチョンが邪悪な存在であることを裏付けるものであった。

少なくとも毎月一度、太陽が海に沈み、国中が暗闇に包まれる頃、あるいは誰もいない早朝に、彼はエミリーの墓を訪れ、ママに話を聞かせた。

トーマ・クンジは、同情は敬虔さと服従を作り出すための道具だと知っていたので、同情は嫌いだった。毎週日曜日と祭日には母親と一緒に教会に通い、牧師がアラム語とシリア語を混ぜたマラヤーラム語で祈りを捧げた。トーマ・クンジは聖書を最初の言葉から最後の言葉まで読んだが、子供の頃から、残酷で血に飢え、子供や女性を殺すイスラエルの神が嫌いだった。エミリーは彼に旧約聖書は読むなと言ったが、イエスが主人公である新約聖書から学ぶように勧めた。しかし彼は、彼が行った奇跡、特にカナで水をぶどう酒に変え、ラザロを死者の中からよみがえらせた奇跡を信じようとしなかった。トーマ・クンジは処女懐胎を笑った。

エミリーの死後、彼が聖書の物語がイーリアスやオデュッセイア、マハーバーラタやラーマーヤナ、あるいはアラビアの砂漠の慈悲深き者の魔法のような神話であることに気づくには遅すぎた。トーマ・クンジは人間になったとき、モーセとアブラハムの神にシンパシーを感じた。

聖書の神は沈黙ではなく、アーミラのように咆哮する存在だった。彼は騒音、憎悪、感情の起伏、復讐、欲望、そしてアキームの剣を作り出した。

アキームがエジプト人女性の首をはねたとき、慈悲深き御方は沈黙された。新生児が小さな布の束に包まれてマシュラビヤの地獄に投げ込まれたとき、彼は深い平静を保ち、ラザクは腐乱した遺体を指で貫いた後、パダチョーンと泣いた。アキームがマレーシア、エジプト、アゼルバイジャン、パキスタンから処女を集めてハーレムを作ったとき、全能の神は沈黙を守った。

トーマ・クンジの人生においても、神は沈黙していた。パパがヴィラジェペットからクートゥプシャに向かう途中、カルナータカ州の警察に殴り殺されたとき、彼の沈黙は胸を締め付けるものだった。牧師が賄賂を要求し、エミリーを教区の学校に清掃員として任命し、その給料を政府が支払ったとき、神は沈黙した。牧師がママの遺体を小教区の墓地に埋葬する金を要求しても、彼は深い沈黙を守った。

その静寂は内的なもので、無限の宇宙を持ち、それを真に理解するためには死ぬ必要がある。誰もそれを測定することも、共有することも、鷹揚にすることもできないのだから。静けさがその完全性を達成することはなく、何も望まず、想像力、内省、瞑想の自由を真空の中で炸裂させるという価値を超えた。周期的に無気力になる静寂は、人間存在の中で最も強力な存在であり、常に浸透し、絶えず浸透しているが、見た目は腐敗している。要するに、それ自体が矛盾し、その大きさと高さを増していく。それは、永遠に続く共感と呆然とするような期待で、逃れがたい触手であなたを抱きしめるかもしれない。その静寂は人によって異なり、無価値で、真正でなく、自己破壊的で、魅力的で、魅惑的で、いつまでも魅惑的だった。トーマ・クンジは静寂の中に入っていったが、戻ってくることはなかった。

しかし、沈黙は悪に対する解決策にはならなかった。

トーマ・クンジは、彼の存在の中に眠っている、彼の平静を突き通す準備ができていた。自分の存在、感情、呼吸の核心に何度も触れ、自分自身を消し去りたいという深い切望を経験しようとして、もどかしかった。それを超えて、その鼓動と意識を自分の中の自己と分かち合うことを求め、彼は魂の深みに飛び込んだ。彼を包む虚無感は、悲しみと苦悩の物語を語るママとパパの悲痛な霧に満ちていた。しかし、死の願望はまだ彼の沈黙の中にあり、ラザクがアミラを手に入れようとしたように、彼の信念の掟を飛び越えて両親のもとへ辿り着こうとしていた。

10 年間、彼は囚人として刑務所の 4 つの塀の中で暮らし、最後の上訴の結果を待ち、11 年目には、管理人、看守、医師が彼を絞首台へと導くのを期待していた。その足音を毎日、毎時、毎分、毎秒、朝の3時から5時半まで待ち続けた。

そしてついに到着した。

牢獄の炉で彼が設計した南京錠に鍵がかかる音がした。彼らは同じ南京錠で彼を中に閉じ込めた。トーマ・クンジは炉で作業しているとき、自分の独房に鍵をかけるために鍵を作っていることを知っていた。

彼の独房には薄暗い電球しかなく、そのスイッチは外にあった。

薄暗い光には静寂があった。

夜は7時から8時までしか明かりがなかった。それは誰かが作り出した光だった。人生の最後の段階で、彼は自己を捨て、存在を超えた存在となった。トーマ・クンジにとっては矛盾だが現実だった。

「人生に涙することもなく、快楽を切望することもなく、未来を考えることもなく、過去を忘れる。

「自分を見失ったとき、縄は見えないし、縄の結び目が喉に触れることもない。

ラザクは挫折を乗り越えられず、去勢を繰り返した。アキームが種付けをしたのは一度だけだったが、ラザックは生涯を通じて種付けをしなかった。アーミラはその無意味さと収穫の少なさを理解している。彼女はラザックへの愛で世界を築き上げ、一体感、分かち合い、温かさのビジョンを描いた。彼女は、彼のウンマへの愛を追体験するために、彼の限界を利用することなく、情熱をもって彼を抱きしめ、彼と一緒に旅をする準備ができていた。アミラはラザックになったが、彼は自分の命でそれに報いることはできなかった。彼はアキームのために、地上の楽園である地獄に彼女を置き去りにする覚悟だった。アミラには、あらゆる沈黙の障壁を打ち破り、槍の届くところを越えて突き刺さる愛があった。

アミラは地獄に降り立ち、それを敢行した。彼女はラザクを探し、生きている彼に会うことで幸せを得た。アミラは死を克服した。エミリーとアミラにとって、沈黙は束縛のない生活の存在であり、恐怖のない生活であった。アミラは地獄に堕ち、ラザックに餌をやることを恐れていなかった。エミリーは実父の意向に反して、生まれてくる子供を守るために勇敢だった。彼女は時間を超え、恐怖と憎しみの外側を旅した。エミリーとアミラの沈黙は、無限の空間と永遠の愛のイメージを伝えていた。ママは自由を満喫するために沈黙を捨てた。

裁判官の沈黙は、悪魔の存在を信じながらもその行動を忘れていたため、あらかじめ決まっていたことだった。弁護士時代、彼は若い女性に中絶を勧めた。その女性は拒否し、裁判官が彼女の息子を絞首台に送ったとき、彼は心に恨みを持ち続けた。彼は審問の前からこの件を決めていた。彼は母親の胎内にいる間に、すでにトーマ・クンジを宣告していた。判事は、弁護士として、一体感、交際、幸福を与えてくれると約束した女性を拒絶した罪悪感に思い悩んだ。めったにない偶然であったにもかかわらず、彼はそれを祝福した。彼はトーマ・クンジに縄を贈った。

静寂が影を作り、トーマ・クンジは独房の中でその影と戦った。

突然、独房のドアが開いた。監督官に続いて、2人の看守、看守、医師が入ってきた。警官と看守が制服を着てまっすぐに立つと、死の匂いがした。医師はムフティー姿だった。

警備員はトーマ・クンジの両手を後ろから鉄条網で縛り、鍵をかけた。彼は鍵を管理責任者に渡した。

医師は脈拍と心拍を測り、トーマ・クンジの全身状態を診断した。2 分もしないうちに調査は終わった。そして診療日誌を取り出し、受刑者の名前、年齢、健康状態、日付、時刻を書き込んだ。次の段落で彼はこう書いている：

″トーマス・クンジ、35 歳、絞首刑に値する″彼は自分の名前を書き、日付と時間をサインした
。

医師は日誌を管理責任者に渡した。彼は医師が書いた内容を読み、自分の名前を書き、日付と時間を記入してサインをした。

また、牢番と看守の名前を書き、日付と時刻を添えて署名するよう求めた。

「完成しました。

看守はトーマ・クンジの後ろに立っていた。警視総監はドアの方を振り向き、医者がその後ろに立ち、トーマ・クンジは医者の後ろにいた。絞首台への第一歩だった。判事は 11 年前にこの決定を下していた。

トーマ・クンジは黙っていた。彼は縄に目を瞑っていた。

ザ・セル

独房には5人の自由人と1人の囚人がいて、囚人は死ぬまで首吊りの刑に処せられた。独房は8フィート×8 フィートの窓のない地下牢で、全員を収容するには狭すぎた。新鮮な空気を取り入れるために 12 フィート以上の屋根に接している換気口は、壁の厚さのために地上からは見えなかった。独房の壁は花崗岩の玉石とセメントで造られていた。マラバルの海沿いの大きな町、地区本部にある刑務所には、このような独房が 20 ほどあった。

トーマ・クンジの村、アヤンクンヌは刑務所から約 55 キロ、クートゥプシャを通ってマイソールに通じる州道沿いにあった。彼の村の北と西の境界には、クールグ（現地語でコダグ）から流れ出る川があり、イリティという活気ある町に接していた。川は刑務所から数キロ北のヴァラパッタナム付近でアラビア海に注いでいる。

青春時代に水泳が趣味だったタマ・クンジは、モンスーンのときも何度も川を渡った。他の少年たちは、川が増水し、流れが命取りになっているときに水に飛び込むことを恐れたり、興味を示さなかったりした。15 歳のとき、トーマ・クンジは森から水に流された長さ6メートルほどの大きな木の丸太を手に取り、一人でやるには至難の業である堤防のほうに引っ張り、安全な場所に押し込んだ。そのような浮き材がイリッティ鉄橋の柱にぶつかり、柱を傷つけたり、人エダムを作って水の流れをせき止めたりすることが何度もあった。

翌日、警官は彼の家を訪ね、トーマ・クンジに警部のオフィスで会うよう頼んだ。警察署に着くと、その警官は無礼な態度で、トーマ・クンジが森林局の所有物を盗んだと非難した。トマ・クンジは彼に、盗むつもりはない、森林局のために取っておいて、木の丸太を川岸に置いておきたいと言った。それに、彼は橋の柱を大きなダメージから守ろうとしていた。警察官は彼の推論を受け入れようとせず、トーマ・クンジは警察官を説得するために半ダースも警察署を訪れなければならなかった。警察は罪のない村人から金を巻き上げるために、しばしばこのような駆け引きをした。それが警察との最初の出会いだった。

思春期の頃から、父親がカルナータカ州の警察に殴り殺されたことをよく知っていた。ケーララ州の警察も同様に暴力的で残酷だった。

刑務所の上級幹部はすべて警察出身だった。しかし、管理官以下は刑務所の職員であり、社会的、心理的にさまざまな問題を抱えた受刑者を扱う特別な訓練を受けた職員であった。看守の中には、管理、ソーシャルワーク、臨床心理学、カウンセリングなどの訓練を受けている者もいた。訓練された将校たちは、囚人たちにもっと優しく接した。鍛冶屋の牢番はドイツで訓練を受けた。

最後の訴えを却下される前、トーマ・クンジは鍛冶場で働き、約 50 人の囚人を収容する大寮で寝泊まりした。このような寮は5つあり、独房よりは比較的住みやすかった。

トイレは独房の片隅にあり、水道が使えるのは朝夕の1時間だけだった。トーマ・クンジは床にマットを敷いて寝た。枕も簡易ベッドもなかった。スクリューパインの乾燥した葉で織られた敷物は荒々しく、マラバルの小川や水辺で見たことがある。また、女性たちがスクリューパインの葉を切り、天日干しにしてマットを織っているのも見たことがある。さまざまな敷物が幼児用、子供用、大人用とあり、丸みを帯びた縁取りのあるカラフルなものもあった。

トーマ・クンジ、エミリー、クリエンは子供時代、床に枕を敷いてマットの上で寝ていた。母親が狭い部屋にやってきて話しかけ、毎日寝る直前に薄手の毛布をかけてくれたことを思い出した。彼はいつも別れのキスを待っていた。戻る前に、彼女は彼の額を撫でて言った：

「ぐっすり眠れ、ぐっすり眠れ、私のクンジ・モンよ」。彼女はいつでも彼のことをクンジ・

モンと呼んでいた。マラヤーラム語でモンは「最愛の息子」を意味する。

「愛してるよ、ママ」トーマ・クンジは彼女の愛に応え、頬にキスをした。

8 歳のとき、初めて簡易ベッドで寝た。チーク材でできている。材木はジョージ・ムーケンが寄付したもので、彼は自分の農場に巨大なチーク材の木を何本も持っていた。トーマ・クンジは、2 人の労働者がクロスカットのこぎりを使って木材をスライスしているのを不思議そうに見ていた。こののこぎりは、木の丸太を木目に沿って切断するために設計された。労働者たちはこのノコギリをアラックカワルと呼んでいたが、ジョージ・ムーケンはスウォート・ソーと呼んでいた。各歯の刃先が交互に傾斜しているため、ナイフの刃のように木を切りやすくなっている。トーマ・クンジは、労働者たちがクロスソーを使って作業しているのを気に入り、自分も参加したいと思った。勇気を出してその思いを伝えたが、彼らは顔をしかめ、勉強に集中するよう念を押した。

栗園は 2 人の大工を自宅に呼び、10 日間かけて 2 つの簡易ベッドを作った。トーマ・クンジは、大工たちがハンマー、巻き尺、四角、鉛筆、ドライバー、ノミ、丸ノコ、電動ドリルなどの道具を使う様子を楽しんでいた。日後、大工に*なりたいと*言った。*ミストリは*大笑いして、代わりにエンジニアになるべきだと言った。しかし、トーマ・クンジは大工であることを主張し、彼をチームに加えるよう要請した。彼の話を熱心に聞いていたもう一人の大工は、トーマ・クンジに5分間だけ一緒に仕事をしてもいいと告げ、もし彼がこの大工の仕事を気に入れば、助手として迎え入れると言い、巻き尺とマーキング用の鉛筆を渡した。トーマ・クンジは、少なくとも5分間は大工として働けることを喜んでいた。彼は自分の手で仕事をすることに喜びを感じていた。

トーマ・クンジはチーク材の新鮮な香りを大切にしていた。ママは枕付きのコットンマットレスを2つ購入した。マットレスは簡易ベッドのスラットの上に置かれ、ボルスターはその上に置かれた。ベッドもパッドも素敵だった。トーマ・クンジは初めて簡易ベッドで寝た。マットの上で寝ると、しっかりとした筋肉が鍛えられ、床のザラザラ感に合わせて体の調節がしやすくなる。

囚人たちは枕もなく、別々のマットの上で寝た。刑務所では、パッドは贅沢品であり、禁止されていた。寒さと蚊から体を守るために、刑務所で作られた粗い綿のベッドカバーが渡された。しかし、独房にはマットしかなく、枕もなく、体を覆うシーツもなかった。モンスーンの間は寒さに耐えられなかった。

独房内には椅子も簡易ベッドもなかったから、地面に長時間座っているのは退屈で、腰が痛くなった。トーマ・クンジはしばしば、自宅のロッキングチェアを思い出していた。クリエンは簡易ベッドを手に入れてから１年以内に、ローズウッド製のロッキングチェアを購入した。ロッキングチェアの木材は、深い赤褐色で、黒い筋と木目が連なっているのが魅力的だった。ロッキングチェアに何時間も一緒に座るのは素晴らしい経験で、彼は暇さえあれば毎日ロッキングチェアに座っていた。自宅に戻った最後の日、彼は椅子の上で揺られていた。彼はワーキング・ウーマンのホステルから戻ったばかりだった。

トーマ・クンジは日曜日以外は豚舎で働くことが多かった。その日曜日、彼は女子寮に行き、頭上の貯水タンクをつなぐパイプラインの不具合を修理した。軽微な修理で、すぐに修復する必要はなかった。所長はもう１日、あるいは１週間待つこともできたはずだ。日曜日に彼を呼ぶ必要はなかった。配管工に仕事を頼むこともできたはずだ。ホステルの配管工は水漏れに気づいていたかもしれないが、別の日にしたのかもしれない。トーマ・クンジは、日曜日に見知らぬ人物を女子寮に呼んで仕事をさせる必要はない、と寮長の意図を疑った。彼はホステルに着くまで 20 分ほど自転車を走らせなければならなかった。彼がこの仕事を引き受けたのは、ジョージ・ムーケンがどうしてもと言ったからだ。所長はジョージ・ムーケンを知っていた。彼はホステルに牛乳、肉、卵を供給していたからだ
。

トーマ・クンジは紅茶を用意し、揺られながら口にした。日暮れ時、彼は3人の人間が近づいてくるのを見た。顔が見えたとき、彼らはムフティーを着た警官で、警部と2人の巡査だった。彼がお気に入りのロッキングチェアに座ったのはこれが最後だった。

椅子や簡易ベッドがないため、独房内を歩くスペースがなく、当初は不安だった。しかし、トーマ・クンジは筋力の衰え、体の痛み、動悸、そして退屈さから逃れるために、毎日朝晩1時間ずつ運動をしていた。

トーマ・クンジは、なぜ四角い独房が死刑囚のためのものなのかを知らなかった。あるバラックで、彼は牢番から、死刑囚の独房は四角い方が自殺が少ないというイギリスの習慣を耳にしたことがある。その理由のひとつは、広場では歩いたりジャンプしたりするスペースが限られていたからだ。それに、他のどんな形よりも心を癒してくれた。円形や楕円形の独房に入れられた囚人は、四角い独房に入れられた囚人に比べて、精神的緊張や幻覚の発生が早かった。英国にも仮説はあったが、それはまだ勘であり、検証された理論ではなかった。1869 年にマラバ

ールに刑務所を建設する際、彼らは英領インドの他の刑務所、特にマドラスの刑務所から集めた経験を生かそうとした。

独房の床は、西ガーツ山脈の巨大な花崗岩の丘から採取した巨大な花崗岩のシートで舗装されていた。ジョージ・ムーケンの家は、マイソール産の磨き上げられた花崗岩のタイル張りで、中庭にはクーグ産の荒い花崗岩が使われていた。パパはマディケリで半研磨の花崗岩を買ったんだ。

英国の刑法では、牢屋の床は囚人の生活のように過酷でなければならない。ジェレミー・ベンサムの道徳的思索に基づき、ルールブックは受刑者に極刑を示唆した。合理主義者にとっては、犯罪は自由意志による決定であり、すべての人間は自由意志をもって創造され、個人は快楽を最大化し苦痛を最小化するように行動する。犯罪をなくすための唯一の救済策は、抑止力のある刑罰だった。それでも、メソポタミアのハムラビから採用された女王陛下の刑事司法制度では、"目には目を、歯には歯を "というように、復讐の適用が明示されていた。当初、刑務所で必要な人員は、監獄の番人と絞首刑執行人の 2 種類だけだった。

トーマ・クンジはハンムラビもベンサムも聞いたことがなかったが、彼らの復讐心に満ちた抑止力と快楽主義的な刑事司法の法体系のために甚大な被害を被った。囚人は、自分の苦しみがメソポタミアの君主とイギリスの功利主義者の狂気じみたわだかまりによるものだとは知る由もなかった。女王陛下の刑事司法行政は、ハンムラビの独裁に基づいていたため、何百万人もの囚人に苦痛と悲惨を与えた。イギリス人は、メソポタミアの君主を公然と受け入れることに躊躇していたにもかかわらず、モラリストであるベンサムの功利主義的な考え方を誇らしげに受け入れていた。その無分別主義と、犯罪の社会的、心理的、生物学的な先行要因に関する無知は、独立したインドが往年の主人たちの非合理的な特殊性を隷属的に包含する中で、マラバールの片隅にあるトーマ・クンジに大きな衝撃を与えた。

トーマ・クンジは自分がなぜ苦しんでいるのか理解していなかった。それは快楽と苦痛の原理と呼ばれる提案に起因するもので、罰は加害者に苦痛を与えることで成り立っていた。彼は快楽を味わうために故意に法を犯したのではなく、無実だった。彼の運命を決定づけたのは、2 世紀半前の英国に生きた一人の伝道師だった。何の変哲もない法科大学で暗記したベンサムの教えを受け入れ、タラセリーの優秀な言葉使いの裁判官は、彼に絞首台での死を宣告した。彼もまた、抑止力の原理を賞賛し、快楽の逃避行を忘れていた。裁判官は快楽主義を超えることは考えられなかった。法律書には、他人に苦痛を与えた者を罰する権限があり、裁判官は人間の行動についての知識を欠いたイギリス人によって確立されたシステムの一部であった。裁判官はトーマ・クンジを罰したが、それは罪を犯したからではなく、若い弁護士の望まれない子供であったからである。判事の心は、赤ん坊の堕胎を拒否した女性によってあらかじめ決められており、トーマ・クンジはその罪悪感の産物だった。裁判官は、遠い高知で若い弁護士として、あの女性とその子供に苦痛を与えた快楽を忘れていた。

独房には、幅2フィートのセメント枠の開口部があり、ドアは外側からはめ込まれ、内側からはドアハンドルがなく、内側から開けることはできなかった。

独房に入ったばかりの頃、トーマ・クンジは想像力を働かせて独房の壁にママの絵を描いた。最初は1枚だけだったが、徐々に枚数を増やし、1週間もしないうちに壁4面をママの笑顔で埋め尽くした。画像は2週目の行動である：ママが料理をする、仕事をする、掃除をする、話をする、食事をする、洗濯をする。そして、パパの写真を追加した。彼はママとパパのイメージに色をつけ、ラブストーリー、アクション映画、スリラー、犯罪刑事、歴史映画など、さまざまなタイトルの映画に仕立てた。ママは王冠をかぶり、流れるような王室のガウンを着て、何年も前の女王を演じた。彼らは決して悪役ではなく、ヒロインとヒーローを演じた。監督、プロデュース、編集、公開、そして鑑賞には時間がかかり、数週間、数カ月が過ぎ、トーマ・クンジは精力的に働き、作品を楽しんだ。

彼は壁を4つのセクションに分け、丘、川、谷、森、草原、動物、鳥、農地、ココナッツ、ジャックフルーツ、マンゴー、バナナの木、実のついたコーヒーの茂み、パイナップルなどの風景を描き始めた。彼は嬉しそうにそれを眺め、何日も何週間もその周りを歩き回った。彼は木を抱きしめ、延々と話しかけ、切らないと誓った。木々は生き生きとして魅力的で力強く、丘の中腹、川岸、谷間、草原の境界に立っていた。トーマ・クンジにとって、樹木は地球上で最も美しい創造物であり、樹木のない地球など想像もできなかった。彼の想像の世界には、何百種類もの樹木、柱状の樹木、頭の開いた樹木、枝垂れ樹木、早生樹木、壷型の樹木、横長の樹木があった。走る木、跳ぶ木、眠る木、笑う木、踊る木、歌う木もあった。どれもユニークで美しく、素敵だった。どの品種も、花も果実も種子も格別だった。彼は、彼らがお互いに、そして宇宙と交信し、喜び、心配、悲しみを驚きをもって表現できることを発見した。あるものは針の頭ほど小さく、あるものは象の耳よりも大きい、季節風が吹けば、木々は雨の中で踊り、冬には厚い毛布で体を覆って眠り、夏には新しい葉や花が期待とともに現れ、果実が熟し、動物や鳥を招いて木陰や枝の上で宴会を開いた。樹木は地球上で最も無私の存在であり、自分自身を含めた全財産を他者に贈った。

トーマ・クンジは4歳のとき、パパの真似をして、土地の隅にジャックフルーツとマンゴーの種を植えた。4 年も経たないうちに花が咲き、ジャックフルーツやマンゴーがたわわに実った。ジョージ・ムーケンの妻、パルヴァシーにジャックフルーツとバスケット一杯のマンゴーを贈った。彼女はトーマ・クンジに愛情を込めて抱きつき、バンガロールから持ってきた毛織物のジャケットを差し出した。熟したジャックフルーツとマンゴーを試食した後、ジョージ・ムーケンはトマ・クンジを訪れ、彼とクリエンと一緒にジャックフルーツとマンゴーの木を見に行き、触って喜びを表した。ジョージ・ムーケンとパルヴァシーは樹木が大好きで、さまざまな国から取り寄せた何百種類もの樹木を農場に植えていた。その日、ジョージ・ムーケンはトーマ・クンジに荘厳な書斎テーブルと椅子を贈った。テーブルトップはマホガニーの一枚板、サイドバーはチーク材、引き出しと脚はローズウッド材で、この組み合わせはとても素晴らしいものだった。椅子はローズウッドで、トーマ・クンジはどちらも大切にしていた。

トーマ・クンジは別の壁に農地を作り、小さなアドービの家、遊ぶ子供たち、水田で働く女性や男性が、超現実的でありながら平和に見えた。学校、遊び場、生徒と教師のいる教室があった。彼の想像の世界では、この惑星は緑豊かで美しかった。痛みも苦しみも病気もなかった。彼のママとパパはいつもそこにいた。

彼はジョージ・ムーケンとパルヴァシーの家を描いた。パルヴァシーは、愛する男性と結婚するために父親とクーグのコーヒー農園の繁栄を捨てた女性である。1972 年 8 月、24 歳のパルヴァシーは 25 歳のムーケンと駆け落ちし、ムーケンは何日も一緒にコーヒーの茂みの下で彼女を待ち続けた。ジョージ・ムーケンは、デヴァ・モイリーの邸宅からアヤンクヌの小さな家まで西ガーツ山脈を横断する間、彼女を肩に担いだ。朝 3 時から夜 8 時まで、サヒャドリの東斜面に広がるコーヒー農園、動物たちが雄大に歩き回る鬱蒼とした熱帯雨林、そして山の西斜面に広がるゴムとカシューナッツのプランテーションを歩いた。パルヴァシーはプランテーション経営の MBA を修了したばかりだった。

パルヴァシーの父親は、200 エーカーのコーヒー農園を所有していた。彼女の父デヴァ・モイリーはクーグで最も裕福な人物の一人で、陸軍大佐だった一人息子は 1965 年のインド・パキスタン戦争で戦死した。

ジョージ・ムーケンはパント・ナガルの大学で農学と畜産学を学んだ。彼はクーグで生姜栽培のために 50 エーカーの土地を借りており、毎日労働者と共に働いていた。生姜の栽培は、パルヴァシーのコーヒー農園の近くにあった。近くの畑を訪れたとき、パルヴァシーは新しい農夫が農作業をしているのを見かけた。パルヴァシーは、この農夫が農業と畜産に関するダイナミックで実践的なアイデアにあふれた教養人であることに気づいた。二人の会話は毎日のように交わされ、叙事詩、小説、短編小説、人間心理など、天下のあらゆることについて語り合った。パールヴァシーの農夫の友人に対する憧れには際限がなかった。そしてジョージ・ムーケンは、熱意と寛容さでそれに応えた。彼はクールグ内の他のコーヒー農園にも同行し、同じ日の夕方には戻ってきた。互いの性格、能力、キャパシティ、欠点などを知ったのだ。彼らはアイデアや仮説を共有し、熱烈な希望と欲望の世界を築き上げた。

パルヴァシーとジョージ・ムーケンは恋に落ち、残りの人生を共に過ごすことを決めた。父親を説得するのは不可能だった。娘の決断に驚き、傷ついたデヴァ・モイリーは何日も激怒し、ブラマギリの峰の花崗岩のように固執した。パールヴァシーはデヴァ・モイリーに知らせずにジョージ・ムーケンと逃げることにした。

トーマ・クンジは壁に飾られたジョージ・ムーケンとパルヴァシーの絵を見て、死ぬまで一緒にいたいという目標を達成した二人の粘り強さを賞賛した。トーマ・クンジもまたアンビカにそのような愛を感じており、彼女は長い間、彼への情熱を燃やし続けていると考えていた。それは彼らが中学2年生のときに始まった。しかし、それは何カ月も表現されることはなく、彼女がそのことを話すと、彼らはそれを祝福した。

トーマ・クンジは何もせず、ぼんやりと座っている日もあった。彼の活発な心は休まった。ラザックと出会った刑務所の農場で働いていた 11 年間のことを思い出していた。その後、大工の仕事に就き、さまざまな仕事を学び、道具の音や木の香りが大好きだった。チーク、ローズウッド、ジャックフルーツの木の香りが最も心地よかった。チーク材は水や白アリに強く、緻密な構造でありながら軽量だった。ほとんどの家具はチーク材で作られ、需要が高かった。ローズウッドはめったに手に入らず、褐色や赤みを帯びた色合いと濃い葉脈を持つ木の王様として知られていた。ジョージ・ムーケンの家のキャビネットと壁戸棚は、すべてローズウッド製だった。ローズウッドは、その優雅で際立った見事な木目のため、磨く必要がなかったからだ。ローズウッドは何百年も続いた。ジャックフルーツの木とアンジリと呼ばれる野生のジャックは優雅で見事だった。シーシャム材は珍しかったが、見た目はエレガントだった。

トーマ・クンジは、死刑に対する上訴が成功すれば、大工の店を開くことを考えていた。終身刑に服した後、彼は村に戻る。彼の大工仕事は、木工の最新の技術と方法を学んでいたため、何人もの客を惹きつける。彼はラザックに、アヤンクヌかポンナニで会って、獄中生活からの勝利を祝い、思い出を語り合うと伝えていた。

受刑者の治療、矯正、能力開発、雇用、カウンセリング、ソーシャルワーク、リハビリテーションの導入は、フランス・ルネサンスからもたらされた。社会学、心理学、人間行動学、カウンセリング、ソーシャルワークの研究結果は、刑務官が啓発され、囚人の福祉のために働くことに影響を与えた。しかし、ソーシャルワーカーもカウンセラーも人権活動家も、トーマ・クンジのことを考える人はいなかった。彼には両親も親戚も友人もおらず、政治家とも縁がなかったからだ。彼は声もなく、拒絶され、忘れ去られ、パイ犬のように虐待された。学校は彼を遠ざけ、教会は彼を精神的に苦しめ、社会は彼を悪用し、裁判官は彼の人生に隠れた、しかし長引く恥をなくすために死刑を宣告した。ジョージ・ムーケンとパルヴァシーは娘とともにアメリカに滞在し、トーマ・クンジは彼らの共感と接近を永遠に懐かしんだ。アヤンクヌの領地を放棄したか、トーマ・クンジのことを永遠に忘れてしまったかもしれない。しかし、トーマ・クンジはしばしばパルヴァシーとジョージ・ムーケンの姿を意識に浮かべ、そのことを知らないことが苦痛だった。パルヴァシーとジョージ・ムーケンは彼の心の中で謎のままだった。

トーマ・クンジは、誠意や献身などというものは存在せず、人は報酬や快楽、利益を求めるものだと学んだ。人間は利己的だった。貪欲な擁護者がエミリーを妊娠させ、彼が判事になったときに彼女の息子に死刑を言い渡した。自己中心的なホステルの所長は、政治家の息子を悪名から守っていた。彼女は、国交相、国会議員、大臣、知事、大統領、国の首相、あるいは裁判官といった若者の将来を守りたかったのだ。トーマ・クンジはただの労働者であり、豚小屋で働く無名の男であった。

愛はただ意味のない言葉であり、その反響は果てしないように思えたが、突然、手品師のロープトリックのように消えてしまった。人間は愛を殺すのが好きで、後の段階でそれを憎み、それを排除することを際限なく考え、かつて胸に秘めた愛を排除するために複雑な計画を立て、何日も、何カ月も、何年も一緒に憎しみを大切にした。愛は、その人が愛した人に憑依することで、痛み、苦しみ、惨めさ、評判の悪さ、葛藤をもたらした。愛には自由はなく、所有することが究極の証だった。アキームは妾を愛し、妾を所有するために袋一杯の金を払ったが、妾を憎むときには躊躇なく首をはねた。アブラハムは神を喜ばせるために一人息子のイサクを生贄に捧げようとし、神は愛を持って人間を創造した以上、その血を得ようとした。自分を満足させることを拒む者を永遠の地獄に突き落とした。愛は神話のようなものだった。

トーマ・クンジは、去勢されたラザックや傷ついたバイソンの赤ん坊のように、この世界で孤独だった。肉食動物は簡単にそれを見つけて襲いかかることができる。シングルマザーから生まれた、不合格になった子牛のように。

彼は豚を去勢した。彼のナイフから子豚を守る者はなく、去勢することで生計を立てていた。アキームはラザクを去勢する必要があった。去勢したラザクでなければ、妾たちの給仕にはなれないからだ。ラザクはアキームと彼のマシュラビーヤを知らなかった。ラザクには自由がなく、広大で果てしない荒野の中で傷ついたラクダの赤ん坊のようにアラビアで孤独だった。ラザックは生き残るために男らしさを失わねばならず、アキームはラザックの弱点が精巣であることを知っていた。そうでなければ、人間は神を去勢してしまうだろう。彼はアキームをはじめ、世界中の何百万人もの人々をアワビとワインで誘惑し、彼を讃えるために楽園に入った。

慈悲深き御方はアヘリスを憎まれ、睾丸のないアヘリスを創られた。アヘリスがいなければ誰も楽園に行けなかったし、全能の神を賛美する者もいなかった。アウォーリーがなければ天国もない。

残された壁にトーマ・クンジはアブラハム、モーセ、イサク、ヤコブの神を描いたが、彼は神を憎んでいた。彼はイエスの神、教区司祭の神を非難した。司祭は賄賂を要求し、政府が給与を支払う教会運営の学校の清掃員にママを任命した。ある日曜日の説教で、牧師はママを「ヴェーシャ」と呼び、トーマ・クンジは牧師の神を憎み、精巣を持つ牧師を作った。牧師がママを教会の墓地に埋葬することを拒否したとき、彼の神への憎悪は限りなく大きくなった。ジョージ・ムーケンは牧師に賄賂を渡し、パパを埋葬したのと同じ墓地に泥沼を提供した。

絵の中の神と教区の司祭は似ていた。そしてトーマ・クンジはルシファーとともに地獄を描いた。

独房は地獄のミニチュアで、縄は地獄の入り口にあった。

独房からスネアまでの通路は狭く、両側に高い壁があった。両手を鎖で縛られたまま、多くの人々がその中を旅した。すべての決定が欲望として発芽するように、彼らは判事の願いを叶えるために絞首台へと導かれたのだ。トーマ・クンジはまだその通路を通ったことがなかった。死刑執行人が彼の胃袋に結び目のある縄を固め、あらゆる刑罰を越えて到達した後では、裁判官でさえも誰も彼を罰することはできなかった。誰も復讐も抑止もできず、彼は初めて自由の身となる。この世界では誰も自由ではなく、誰もが存在の重荷を背負っている。トーマ・クンジは母親に頼んで自分を作ってもらったわけではない。生まれてから、彼は自分が作られたことを知った。人間の自由は神話であり、道徳主義者が作り出した寓話であり、彼らはそのおとぎ話を、欲望や幻覚を後押しする偽りの自我とともに、すべての人に植え付けた。彼らはそれを、劣等生、抑圧された者、服従させられた者、無力な者に適用した。死刑制度は一部の選ばれた人々の自己イメージを高め、彼らは自己価値を高めるために、その見返りについて何時間も説教した。トーマ・クンジは、自分が何者であるかを知っていたため、その性格を持ち上げようとはしなかった。彼は豚舎で働いており、誰もがそれを知っていた。母親は掃除屋で、父親は豚舎で働いていた。

最後の壁には豚を描いた。空や太陽や月や星を見ることのない、半開きの目が愛らしく見えた。すべて隠れていて、豚には見えなかった。誰かがそれを知ったとき、何かが存在した。豚には神がいなかった。すべての神はイノシシを憎み、豚は神を受け入れることを拒んだ。彼らにとって、神は存在しなかった。トーマ・クンジは豚の中に自分の顔を描き、それが豚に見えた。

神は6日目にアダムをご自分に似せて創造し、アダムは幸福を感じた。トーマ・クンジは新しいアダムだった。

トーマ・クンジは、可愛い子豚とその母親、そして父親を描いて喜んでいた。なぜなら、母親や父親が自分たちの自由を喜んでくれたからだ。ジョージ・ムーケンの豚舎では、子豚は生後 2~3 週間で去勢され、毎月 20 頭ほどが去勢された。約 40 頭の母豚に対して 2 頭の猪がおり、年間約 400 頭の子豚が生まれた。よく肥育された母豚の妊娠期間は 3 ヵ月と 3 日で、各妊娠から 8~12 頭の子豚が生まれた。

豚の一生は屠殺場で終わり、それが豚の最後の成果、あるいは報酬となる。ラザックがアキームに従ったように、エジプトのドクシーもアキームに従った。しかし、アキームは彼女の首をはね、パダチョンは彼に質問しなかった。

トーマ・クンジの豚舎には屠殺場がなく、豚たちは自由を謳歌していた。彼らはエリートたちのように歌ったり踊ったりはしなかった。ぽっちゃりした顔で触れ合ったり、愛情を注いだりすることで、人と会う喜びを表現していた。トーマ・クンジは、この親密で排他的な祝祭に感謝し、彼らに加わり、去勢したことへの許しを請うた。彼は自分が恐ろしいことをした、許されないことをした、唯一の罪を犯したとわかっていた。しかし、子豚たちは復讐心を燃やすこともなく、彼に抑止力のある罰を与えることもなかった。彼は自分から離れないように懇願し、彼らはオインクで彼を祝福した。

豚たちは鼻を鳴らして歩き回り、首を切り落とすギロチンがないことを喜んでトーマ・クンジに触れ、トーマ・クンジは絞首台がないことに感激した。恐怖心はなく、卑下するようなコメントもなく、壁の上の豚たちは興奮し、コミュニケーションのためにボディランゲージやさまざまなうなり声を使った。唸り声には柔らかなものと大きなものがあり、それぞれ食べ物や楽しい仲間を期待するサインとして異なる意味があった。荒い咳の音は豚がイライラしているか怒っていることを表し、豚が悲しんでいるときはつぶやくように涙を流す。

豚舎が始まると、ジョージ・ムーケンは子豚を肩に乗せ、足を首の前に突き出しながらパルヴァシーを抱いて踊った。1972 年 8 月のことで、大雨が降っていた。コーヒー農園から西ガーツ山脈を登り、村まで約 30 キロ。ジョージ・ムーケンは、クーグの気候に適していたため、彼の村のアヤンクンヌの生産量をはるかに上回るショウガを栽培していた。両親は 1947 年にパラから移住し、ジョージは同じ年に生まれた。兄弟はなく、両親はジョージが 10 年生の時にマラリアで亡くなった。

パルヴァシーの父、デヴァ・モイリーは、娘が他州の、しかも宗教も言葉も違う非クールギ人の男性と結婚することに反対だった。彼はパルヴァシーに、毎年何百万ルピーものコーヒー豆を国際的なコーヒー会社に売っている、繁盛しているコーヒー農園を継がせるつもりだった。息子の死後、デヴァ・モイリーは落ち込んでおり、パールヴァシーに、もし彼女がラクシュマン・レカ（明るい線上のルール）を越える勇気があれば、彼女を射殺すると警告した。中佐であるデヴァ・モイリーは、父や祖父と同様、第二次世界大戦中、イギリス軍に所属していた。ビルマで日本軍と戦い、右足を失い、カルカッタの軍事病院で6ヵ月を過ごした後、クーグに戻り、コーヒー農園を設立した。彼はたくさんの銃を持っていて、イノシシ狩りが趣味だった。

ムーケンは4日間コーヒー農園に潜伏し、最終日の午前3時頃、モイリー邸の塀を飛び越えた。パルヴァシーが言ったように、外門の警備員たちは居眠りをしていた。彼は庭の中の長いあぜ道を歩き、家の周りを歩いていた警備員も薬漬けにされることを知っていた。ドアに鍵のかかっていない小屋があり、ムーケンは音もなくその中に入った。別の回廊が本館とつながっていた
。

犬たちも、デヴァ・モイリーも、使用人たちも、すやすやと眠っていた。

ジョージ・ムーケンが屋敷に入ると、寝室の入り口でパールヴァシーが待っていた。足は鎖でつながれ、小刻みにしか歩けない。ムーケンは彼女を持ち上げ、大きな豚のように首にかけた。パルヴァシーはバックパックに食料と水を持っていた。

壁を飛び越えるのは大変で、30 分以上かかった。そしてムーケンはコーヒー園の中を森に向かって歩き出した。デヴァ・モイリーの邸宅から 3 キロほど離れた、丘のすぐ下にある岩場に到着したのは、すでに4時半だった。サルセンの後ろで休んだ後、ムーケンはリュックサックからチェーンソーを取り出し、パルヴァシーの足首に巻かれた鉄を切断した。しかし、それを破るのは難しかった。

常緑樹の茂る急な坂道が続き、1 時間もすると生い茂った森が現れた。ムーケンは、あちこちに隠れてイノシシやバイソンを撃ち殺すハンターたちの道を選ばなかった。パルヴァシーは深い沈黙を守った。ジョージ・ムーケンは立ち止まったり登ったりすることなく、棘のある木を掴んだり、大きな木の陰に隠れたりした。玉石からケララ州境まで約6キロ登り、そこからアッタヨリまで約4キロ、さらに村の自宅まで 4 キロ下らなければならなかった。あと1時間もすれば、太陽の光を感じられるだろう。パルヴァシーがバックパックを開ける間、二人は岩と巨木の間で休んだ。

朝食には、米粉で炊いたご飯にカニ、柔らかいタケノコのカレー、モンスーンマッシュルームの焼き物、豚肉の炒め物などを挟んだアッキ・オッティを食べた。バッグの中の水筒が喉の渇きを癒してくれた。7 時には、ジョージ・ムーケンの背中にパルヴァシーを乗せ、再びスタートした。8 時 30 分には、100 メートルほど離れた竹林の近くに 1 頭のゾウがいるのが見えたので、木の陰に隠れた。約 30 分後、象は小川に向かって登り、ムーケンは登山を再開した。1 時間もしないうちに、彼らは少し前を横切る子連れのバイソンの群れに出会った。またしても二人は立ち止まり、木に寄りかかった。しばらくすると、何か物音が聞こえてきた。

「ハンターがいるのよ」パールヴァシーが耳元でつぶやいた。

「とジョージ・ムーケンが言った。

イノシシの群れを追いかけて叫んでいたのは、男 4 人と女 1 人で、全員が銃を持っていた。

「クールグでは野生の豚を狩るのが一般的で、男も女も狩りに行く。一晩中、彼らは茂みや森の中にいるの」パールヴァシーは優しく言った。

「イノシシの豚肉はおいしいよ」とジョージ。

「バックパックに少し入っているわ」パルヴァシーがささやいた。

ハンターたちは遠くまで来ると、登り始めた。山頂に着くころには、ジョージは喘いでいた。11 時 20 分だった。しばらく休んで水を飲んだ。パールヴァシーはバッグの中にバナナチップスを入れており、二人はしばらくそれを食べていた。

ジョージは安定したバランスを保たなければならなかったからだ。時々、パールヴァシーが彼の肩の上に乗るのは、均衡を保つための恵みだった。木々や竹が生い茂り、小川もあった。山の西側斜面は降雨量が多く、草木が生い茂るため、より多くの大型動物が歩き回っていた。ツキノワグマが危険なほど近くに現れたので、ムーケンはベルトからリボルバーを取り出した。

午後 1 時頃、彼らは 2 つの巨大な岩の中で休んだ。パルヴァシーはリュックの中に小さな包みをいくつも入れていた。蒸したおにぎり、パンディカレーと呼ばれるイノシシの豚肉、ヌールプトゥと呼ばれる炊いた細い米、そして鶏の炒め物。約 20 分後、彼らは熱帯雨林の中を下り始めた。途中、ニルガイと呼ばれるカモシカや、チタルやプルリマンと呼ばれる斑点のあるシカがたくさんいた。パルヴァシーは、彼らがトラの保護区であるナガルホール国立公園の北周辺にいるとささやいた。

ジョージ・ムーケンは慎重に歩を進めた。森は鳥や、ハイイロラングール、トラ、ナマケグマ、ゾウなどの動物で活気に満ちていた。パールヴァシーは彼の背中に乗ったまま、慎重に姿勢を保った。ムーケンは、危険な急斜面が長く続くため、竹竿を使って下り始めた。夕方4時頃、彼らはケララ州との州境に到着し、農民たちの最初の集落であるアッタヨリまで少なくとも1時間は歩いた。森が生い茂り、太陽を見ることはできなかったが、ジョージ・ムーケンはそれを察した。30 分もしないうちに、彼らはニシキヘビ、コブラ、マングース、クジャクなどが生息するブッシュランドに到着した。突然、西の地平線の少し上にある太陽が正面に見えた。

アッタヨリは素晴らしかった。教会の尖塔が3キロほど先の太陽に照らされ、素晴らしい眺めだった。家、学校、病院、教会、寺院、モスクなど、至るところに緑があった。65 キロほど離れたところに、青い霧に包まれたアラビア海が現れた。

太陽が海に沈み始め、暗闇がいたるところに浸透していった。ジョージ・ムーケンは、アンガディカダヴのバザールから戻る農民たちを避けるため、細い道を選んだ。

「パル、ほら、僕らの家は教会から西に500メートルほど行ったところにあるんだ」ムーケンはしっかりと歩きながら言った。

「教会が見えるわ」とパールヴァシーは言った。「ここからどれくらいかかる？

「40 分以内に家に着くよ」とムーケンは答えた。

広大なカシュー農園でしばらく休んだ後、ムーケンは早足で歩いた。人目にさらされることなく家に帰りたかったのだ。下草のないゴムの敷地に入り、歩きやすくなった。教会脇のココナッツ農園は少し湿地帯になっていた。コーヒー園内のモンスーン雲のように、いたるところに闇が広がっていた。パルヴァシーがトーチに火を灯すと、ムーケンは次の一歩を踏み出すべき場所がわかった。家に着いたのは 8 時 15 分頃だった。

「パルー、ただいま」とジョージは興奮気味に言った。深い動悸が見て取れた。

「ジョージ」とパールヴァシーは呼び、彼を抱きしめた。

「一緒に来てくれてありがとう。私たちはすでに一緒に生活を始めている。信頼してくれてありがとう」とムーケンは彼女の頬にキスをした。

「西ガーツ山脈を 30 キロほど登り、危険な野生動物がいる難しい地形を通り抜けた。私たちは死ぬまでこの日を忘れず、子供たちにも私たちの愛を偲んでこの日を祝うように言うでしょう」とパールヴァティは語った。

「そう、私のぱるる。一緒にそれを克服した。冷静に、我々は前進する」とムーケンは答えた。

彼はパルヴァシーを中に案内し、電気ノコギリで両足首の鎖を切った。

「私たちが直面した束縛、それに耐えた闘い、それを断ち切るために表明した決意、互いへの信頼、そして永遠の愛の思い出として、それを持ち続けましょう」と、パールヴァシーは壊れた鉄の破片を手に取った。

寝室が2つ、大きな居間と食堂付きの台所がある小さな家だった。彼らは一緒に夕食を作った。

翌日、パルーとジョージは結婚について話し合い、ムーケンはヒンドゥー教の結婚式がいいと言った。

「ジョージ、私は教会で結婚式を挙げたいのです。教区の司祭と相談して、日取りを決めましょう」。

「パル、君の幸せは僕の幸せでもあるんだ」ムーケンはパルヴァシーを抱きしめた。

二人は夕方教会に行き、教区司祭と話し合い、翌日の結婚を決めた。ムーケンは式とパーティに 10 人の隣人を招待した。

パルヴァシーはマイソールシルクのサリー、ジョージはグレーのスーツに赤いネクタイ。式はシンプルで、パーティーは彼らの家で行われた

。

夕方 4 時頃、突然、家の中庭で轟音が響いた。10 台ほどのジープと 75 人ほどの男たちがジープから飛び出し、まるでバイソンを取り囲む山犬の群れのように家の周囲を取り囲んだ。全員が銃を手にしていた。

すると、デヴァ・モイリーがリボルバーを持って居間に入ってきた。「パルヴァシー！」と彼は怒鳴った。それはまるで、マイソール動物園の傷ついた虎の咆哮のようだった。

「私のパールヴァシーの代わりに私を殺してください」ジョージはモイリーの前にひれ伏した

。

モイリーはブーツで彼の顔を蹴った。

「この悪党め、よくも私の娘を奪ってくれたな」モイリーは怒鳴りながら、ムーケンに銃を向けた。

″パパ、許して！″それは、父親の前にひざまずくパールヴァシーだった。彼女は両手を彼の脚に回し、うめき声をあげた。

モイリーは立ち尽くしていた。パールヴァシーはマイソールシルクのサリーを着ていた。モイリーは、いつもシルクのサリーを着ていた妻で、5 年前に熊に襲われて亡くなったソバナを思い出した。

「ソバナ」とモイリーは叫び、リボルバーを投げた。彼は娘の肩を持ち上げ、抱きしめた。「パールヴァシー、私はこんなことできないわ」とモイリーは言い、子供のように泣いた。

「子供たちが2歳になったら、すぐにクーグに送りなさい。マイソールとバンガロールの最高の学校と大学で教育する。それはあなたのものではなく、私だけのものだ。彼らは私の富を受け継ぐだろう。この条件下では、この男の命は助けてやる」とモイリーは咆哮し、銃をムーケンに向けた。

「はい、パパ、そう思います」とパールヴァシーは言った。

″屋敷に来るのは歓迎するが、この男は決して足を踏み入れるべきではない。これは命令だ。

「それなら、絶対に行かないわ」とパールヴァシーは答えた。

パルヴァシーとジョージ・ムーケンは静かな家で自由を謳歌した。彼女は綿密な計画を立て、夫と長時間話し合った。

10 エーカーにゴムの苗木、15 エーカーにカシューナッツ、5 エーカーにココナッツの苗木を植えた。マンゴーやジャックフルーツなど、さまざまな果樹があった。彼らが川岸に開発した牛舎は最も近代的なもので、ムンナール産のジャージー牛 5 頭、南カナーラ産のブラウン・サヒワル牛 3 頭、ハリヤンヴィ産の水牛 2 頭が飼育されていた。クッチ、ラジャスタン、アップ州のヤギは半年ごとに増え、養鶏場は繁盛した。

3 エーカーの土地は、納屋の隣に豚舎を建てるためのものだった。

ジョージ・ムーケンとパルヴァティは毎年 1 カ月間、休暇を海外で過ごし、15 年以内にヨーロッパとアメリカ大陸のすべての国を訪れた。ムーケンの関心は畜産と農業だった。パルヴァシーは、アヤンクヌの農場に植えるために、スカンジナビア、東欧、西欧、カナダ、アメリカ、ラテンアメリカ諸国から木の種を集めた。

結婚して 1 年以内に子供が生まれ、パールヴァシーとジョージは彼女をアヌプリヤと呼んだ。3 歳の誕生日、デヴァ・モイリーは看護婦 2 人と警備員 2 人をアヤンクンヌに送り込んだ。両親は泣きわめいたが、赤ん坊を祖父のもとに送るしかなかった。アヌプリヤはクーグで育ち、デヴァ・モイリーの中庭で遊んだ。彼女は両親のことをすっかり忘れ、マラヤーラム語を一言も知らずに、地元のコダグ語、カンナダ語、英語を流暢に学んだ。アヌプリヤはマイソールの一流校で学び、授業はカンナダ語と英語だった。パルヴァシーとジョージ・ムーケンは娘と話す機会がなかった。彼らは定期的にマイソールに通い、アヌプリヤの学校の門の外に立って娘の様子をうかがっていた。しかし、アヌプリヤにとって両親は他人だった。

結婚から 10 年も経たないうちに、パルヴァシーとジョージは新しい家を建てた。

アヌプリヤの誕生から 15 年後、パルヴァシーとジョージ・ムーケンはアヌパマという名のもう一人の子供をもうけた。アヌパマの 3 歳の誕生日に、クーグから看護師 2 人と警備員 2 人を乗せたジープがやってきた。パルヴァシーとジョージ・ムーケンは大声で泣きながら、ジープを追いかけて 2、3 キロ走った。アヌパマは祖父の邸宅で何日も泣き続け、食事を拒否した。

アヌパマは 1 週間以内にアヤンクンヌに戻され、両親のもとで暮らすことになった。看護婦と看守は 8 日に再び上陸し、アヌパマを祖父のもとに連れて行った。アヌパマは泣き止んでも、2 週間は熱と咳に苦しんだ。そして 15 日後、看護婦と看守が彼女を迎えに来た。3 回目、アヌパマは祖父の家に 3 ヶ月間滞在したが、彼女は不機嫌で、孤独で、悲しかった。彼女はモイリー家の一員になることを拒否した。アヌパマはアヤンクヌに送り返され、次の誕生日まで両親のもとで過ごした。4 歳の誕生日、再び看護婦と看守が現れた。不本意ではあったが、アヌパマは従者たちと一緒に行くことになった。間もなく、彼女は地所近くの幼稚園に入園することになり、毎日、デヴァ・モイリーは彼女に付き添い、授業が終わるまで一緒にいた。

一方、コーヒー農園経営のMBAを取得したアヌプリヤは、祖父が経営するコーヒー農園にCEOとして入社した。彼女は5年以内にさらに300エーカーのコーヒー農園を拡張した。彼女はクールグ各地のコーヒー農園の株を取得し、志を同じくするコーヒー農園主とコンソーシアムを結成し、クールグにあるコーヒー豆粉砕工場に十分なコーヒー種子を供給する契約をスイス企業と結んだ。祖父はアヌプリヤを誇りに思い、祖母のように美しく聡明だとよく言っていた。

学生時代、アヌパマは月に一度両親を訪ね、コダグ語、カンナダ語、英語のほかに、マラヤーラム語の読み書きを習った。一緒に教会に通い、聖歌隊に加わり、クリスマスにはキャロル・シンガーと一緒に多くの家庭を訪問した。アヌパマはマイソールの学校に通い、週末は両親の家に滞在していた。両親を慕い、いつも一緒にいるのが好きだった。

ある晩、アヌプリヤが突然アヤンクヌに現れた。パルヴァシーとジョージ・ムーケンは、これまで彼女と話す機会がなかったため、彼女を認識するのが難しかった。アヌプリヤはパルヴァシーに、祖父が彼女の結婚を斡旋したこと、新郎は軍の将校であることを話した。祖父は初めて、彼女の母親がマラバルの片隅で夫と暮らしていることを話した。そしてアヌプリヤは、結婚式に出席するよう母親を招待していた。

「パールヴァシーはアヌプリヤに言った。

「アヌプリヤは叫んだ。

"父親を虐待するとは何事だ、血まみれのクソ女！"パールヴァシーは叫び、アヌプリヤの顔を平手打ちした。

口から血がにじみ出た。

「彼はあなたの父親だ。私の家から出て行きなさい。二度と戻って来ないで」パールヴァシーは怒鳴り、アヌプリヤを追い払った。

高校を卒業後、アヌパマはIITマドラスに入学し、休暇中には両親とともに多くの国や有名大学を訪れた。

アヌパマとアヌプリヤは赤の他人であり、祖父が二人を友達にしようと懸命だったにもかかわらず、互いに話をしようとしなかった。

卒業後、アヌパマはアメリカに渡り、アイビーリーグの大学で人工知能の大学院に進んだ。年以内に、彼女はカリフォルニアの大学でマイクロシステム工学の博士号を取得した。パルヴァシーとジョージ・ムーケンは半年に一度娘を訪ね、アヌパマは彼らの付き合いを大切にしていた。彼女が有名企業に就職すると、アヌパマは両親をアメリカへ移住させ、一緒に滞在するよう誘った。まもなくアヌパマは起業し、多くの国に支店を持つ大成功を収めたベンチャー企業に成長した。パルヴァァシーとジョージ・ムーケンは、老後を娘と過ごすためにアメリカに行くことを決めた。彼らはトーマ・クンジに、自分たちが不在の間、あるいは自分たちが戻るまで、自分たちの領地を自分たちのものとして管理するよう依頼し、その決定をすべての労働者に伝えた。

トーマ・クンジは壁に飾られたパールヴァァシーの写真を見て驚いた。彼女は勇気があり、人生のすべての瞬間において夫を深く愛していた。ジョージ・ムーケンは幸運な男だった。地獄をくぐり抜け、宝石みたいに彼女を肩に担いで家まで運んだのだから。彼は彼女を歩かせず、決して振り返らなかった。最愛の妻エウリュディィケを生者の世界に連れ戻すために、オルフェウスはネザーワールドに赴いたのだ。ハデスは、エウリュディィケが冥界を出て行く間、彼の後ろをついて歩き、オルフェウスは最後の門を越えるまで彼女を振り返ることができないという条件で同意した。ちょうどオルフェウスが外門から出てきて、振り返ってエウリュディィケの顔を見つめた。しかし、残念なことに、彼女はまだ死者の国の境界を越えてはいなかった。

ジョージ・ムーケンは賢明で、最愛の人を背負い、振り返る必要はなかった。パールヴァティーは、ひとつの肉体とひとつの精神として常に彼と共にあった。

しかし、トーマ・クンジは賢明ではなかった。他人の罪を背負った。裂け目の先には縄が待っていた。

監督はすでに独房の外に出ていた。トーマ・クンジが牢番たちを両脇に従え、その後ろに衛兵を従え、パレードが始まった。

パレード

パレードは絞首台まで続く長い廊下に入った。このようなアクセス・ストリップは 2 つあり、1 つは絞首刑に処せられる囚人用、もう 1 つは絞首刑に立ち会い、正しい囚人が死刑を受けたことを確認し、政府に報告するための高官、地方長官や政府によって任命された官僚用である。道は似ているように見えたが、目的は異なっていた。名士たちはさまざまな背景を持ち、脅威と思われる人物を排除して自分たちを守る法律を制定した。彼らはハムラビとベンサムの子孫である。

法律を作った人たちは、その不透明なギャラリーから逃げ出した。法は、声なき者、無力な者、抑圧された者、服従させられた者、肌の黒い者を厳しく扱い、復讐と報復を行った。権力者は他人を黙らせた。トーマ・クンジは沈黙し、親も親戚も友人も神もいなかった。彼は拒絶された男で、孤独だったが、まっすぐだった。

共和国記念日のパレードでインド大統領として、トーマ・クンジは行列の中心にいた。

刑務所関係者の重い足音を除けば、静かな騎馬隊だった。

履物を履く自由を失ったトーマ・クンジは裸足だった。恐怖心も希望も憎しみもなかったからだ。その他にも、多くの死刑囚が意識を失ったため、看守が死刑囚を運ばなければならなかったことも何度かあった。運命を受け入れられず、ペンテコステの伝道師のように支離滅裂な言葉で叫び、神の慈悲と介入を懇願する者もいた。恐怖のあまり放尿する者もいた。

最後の闘いは、縄を避けて息を潜めることだったが、足場は避けられない真実だった。

人生の事実をありのままに受け入れ、トーマ・クンジは悲しみや苦しみを乗り越えた。

判事を説得するのはあまり賢明ではなかった。裁判は見せかけのもので、証人が語るべき文章が用意されていることに気づいたのだ。トーマ・クンジはこれまで、6 人のうち 3 人しか目撃者を見たことがなかった。

トーマ・クンジは、自分は何も悪いことをしていないのだから無罪になるだろうと確信していたし、裁判の前であっても、裁判官は彼の潔白を認めるだろう。事件はとてもシンプルで率直だった。午後 3 時頃、トーマ・クンジはホステルに行った。駐車場にバイクを停めると、正面玄関まで歩いて行き、呼び出しベルを押した。トーマ・クンジは彼女に、ホステルの所長がパイプの水漏れを修理するために彼を呼んだのだと言った。彼はジョージ・ムーケンの養豚場から来たと説明し、ムーケンから急ぎの配管工事をするためにホステルに行く必要があるかどうか尋ねられたという。係員は彼を、入り口の隣にあるホステルの監視員のところへ連れて行った。しばらくすると、所長がドアを開けて出てきた。トーマ・クンジは真剣な表情で所長に話を繰り返した。背の高い痩せた女性で、眼鏡をかけ、白髪が目立っていた。所長は、3 階建てのホステルのテラスでの作業内容を説明した。漏水は水タンクにつながるパイプからだった。

ホステル所長は、トーマ・クンジを建物のテラスに連れて行くよう係員に指示した。建物は少なくとも 30 年は経っており、多少みすぼらしく汚れていた。トーマ・クンジは係員の後を追った。係員がそれを開けると、トーマ・クンジと係員は、こざっぱりと片付かないテラスに入り、その一角に水槽があった。

水槽はラテライト・ブラウンストーン・ブロックとセメントでできており、漆喰があちこちから剥がれて石が露出していた。パイプラインの継ぎ目から数滴の水滴が見えただけだった。ユースホステルの配管工が見ているはずだ。

トーマ・クンジは 30 分以内に作業を終え、水漏れは完全に止まった。14 歳で豚舎に入り、主に仔豚の去勢を担当するとすぐに、副収入を得るためにジョージ・ムーケンの建物の多くで配管工事や電気工事を始めた。しかし、配管や電気工事をするために他の場所に出向いたことはなかった。彼がホステルに行ったのは、ジョージ・ムーケンの指示を拒否できなかったからにほかならない。トーマ・クンジは、パールヴァシーとジョージ・ムーケンが、娘と無期限で一緒にいるために同じ日の午後にアメリカに行くことを知っていた。前日、彼らはトーマ・クンジを自宅に呼び、夕食中に、自分たちが戻るまで財産を管理するように頼んだ。娘のアヌパマと一緒にいることを意味し、老後にアヤンクヌに戻る可能性はほとんどなかった。パルヴァシーとジョージ・ムーケンは、封をした封筒をトーマ・クンジに渡し、自分たちの死後、遺産はトーマ・クンジに帰属するという遺言書（登記された法的文書）が入っていると言った。家に着いたトーマ・クンジは、それをスチール製の戸棚にしまっておいた。

作業を終えて、彼はテラスから下を見下ろした。ホステルの敷地は広大で、少なくとも4エーカーはあり、低木や匍匐茎で埋め尽くされていた。ホステルの前の庭も同じように荒れていた。タラセリー近郊のカシューナッツ工場で見たような、葉のない古いココナッツの木や枯れたココナッツの木があちこちにあった。トーマ・クンジは、女性たちがどうやってそこに快適に、平和に滞在できるのか不思議に思った。本館から 20 メートルほど離れたところに、茂みに覆われ、匍匐茎に覆われた井戸があった。トーマ・

クンジは、ホステルの建物の外にテラスから地上に出る鉄製の階段があることに気づいた。

係員はトーマ・クンジを待たず、黙って行ってしまった。プロムナードからドアを開け、一人で階段を降りた。ホステルはほとんど空っぽで、どこもかしこも墓地のような静寂に包まれていた。ホステラーたちは短い休暇に入ったのだろう。漆喰が何箇所も剥がれ落ち、モンスーン時の水の拡散が壁に見られ、大きなディアボリックな絵が描かれていた。

トーマ・クンジが寮監のオフィスに戻ると、彼女は井戸の水位とポンプを浸している位置を調べるよう彼に頼んだ。彼女は井戸を見れば確認できたはずだし、井戸を検査したら戻っていいと言ったのだから、彼女の要求はトーマ・クンジにとってもホステルにとっても何の役にも立たなかった。彼は、なぜ彼女が水量やポンプの位置について彼から報告を受けたがらないのか不思議に思った。その上、彼女は彼に報酬を払わなかった。ジョージ・ムーケンに直接連絡を取り、支払いを済ませたからかもしれない。しかし、パルヴァシーとムーケンは、午後ドーハとワシントン・ダレス国際空港行きの飛行機に乗るため、すでにカリカット空港に出発していた。彼らはアヌパマの家に長期滞在することになる。

前日と同様、ムーケンは1週間前にトーマ・クンジに電話し、不在中の財産の管理、帳簿の管理、労働者への支払い、牛舎や豚小屋を含む農場の仕事の監督を依頼した。彼らが外出するときはいつも、トーマ・クンジがすべての仕事を管理していた。大きな責任があったし、トーマ・クンジはジョージ・ムーケンやパルヴァシーとの仕事について正直だった。彼らは彼を信頼し、いくつかの計画を立てていた。

建物のテラスから井戸が見えたので、彼は一人で水位を調べ、頭上のタンクに飲料水を送る水中ポンプの位置を突き止めた。彼は内廊下を通り、厨房脇のドアから中庭に向かった。井戸の脇にはポンプ小屋があったが、老朽化していた。

トーマ・クンジは井戸の丸い壁にもたれかかった。ラテライトの石塊は危険なほどぐらついていた。多くの石がすでに井戸の中に落ち、地面に落ちているものもあった。モンスーンの最盛期だったため、井戸の水は豊富で、彼は井戸の中に右手を伸ばした。しかし、水はもっと下にあった。彼が身を乗り出したとき、2、3 個の石が水の中に落ち、犬小屋の犬が大声で吠え始めるほどの水しぶきを上げた。厨房のコックが飛び出してきた。

「何があったんだ？井戸に何か落ちたのか？と彼女は尋ねた。

「数個の石が落ちている。

「では、なぜ井戸のほうに傾いているのですか?

「水深とポンプの位置を調べるために井戸を見ていただけです」と、トーマ・クンジは少し照れながら答えた。

「いいえ、信じられません」と彼女はトーマ・クンジに近づき、井戸の中を覗き込んだ。

「本当のことを言ったんだ。彼は、彼女にした説明がむしろ愚かなものだと知っていた。

「水にはまだ浮力がある。

「なぜ信じてくれないの?とトーマ・クンジは質問した。

彼女はトーマ・クンジを数分間見て、戻っていった。

井戸の内壁には下草が生い茂り、葎が生えていた。水深が深かったため、浸水したポンプの位置を確認することは不可能だった。トーマ・クンジはそこで2分ほど過ごし、駐車場まで歩いた。ホステルの入り口の窓から彼を見ている顔が見えたが、誰だかわからなかった。トーマ・クンジは自転車を発進させ、外に出た。

しかし、トーマ・クンジは、その女性が自分を疑っていることに恐ろしさを感じた。水中に何かが落ちたので、彼女は彼が嘘をついていると思ったのかもしれない。

裁判の初日、裁判官はトーマ・クンジに弁護人はいるのかと尋ねた。彼は弁護士を雇う余裕はないと答えた。しばらく間を置いてから、彼は、この件はとても簡単なことなので説明できるし、弁護士は必要ないと言った。それに、彼は守備には興味がなかった。判事は、彼を保護するために裁判所が無料で弁護士を任命することができると言った。トーマ・クンジはもう一度、判事に、彼は自分を守ることを信じていないので、真実を説明することができると告げた。この世界では、みんながみんなを守るべきだ。

トーマ・クンジは、裁判での弁護という言葉の意味を重要視していなかった。彼は、検察官がインド刑法、刑事訴訟法、証拠法に従って事件に基づいてさまざまな質問をすることを気にしなかった。トーマ・クンジは、それが真実に基づく裁判ではなく、証拠に基づく裁判であることを知らなかった。検察は、真実や何が起こったかではなく、目撃者が証言した証拠に基づいて、彼に対する強姦罪や殺人罪を成立させることができる。

トーマ・クンジはアプーのこと、トーマ・クンジが校長の山小屋で受けた肉体的拷問のこと、そしてエミリーの名においてどんな状況でも決して自分を守らないと誓ったことを思い出した。校長室での尋問と、刑事法廷での証拠に基づく裁判は別の現実であることを、彼は気にしなかった。裁判では、たとえ事実であっても証拠に欠ける事件もあり、誰も否定できないが、証拠としては失敗する。だから、公判廷での裁判中に真実が却下される可能性がある。事件は真実か嘘かのどちらかであり、議論はなかった。トーマ・クンジの世界には実際の出来事しかなく、偽りの出来事は存在し得ない。彼にとっては、起こったことが現実であり、その真実性はあらゆる試練を超えていた。

裁判が何日も続き、裁判官が評決を下したとき、トーマ・クンジは不当な裁判であり、判決はインチキだと気づいた。法廷によれば、証拠は発掘された事実の領域外に存在することはできず、見たり、聞いたり、触ったり、味わったり、嗅いだりしなければならない。ある人が、森の中に存在しない花を知らなかったとする。トーマ・クンジは、「ポスト・トゥルース」というアクチュアリティの新しい定義を知って驚いた。知識も証拠もないのに、何かが存在するという印象を持っていたのだ。しかし裁判では、その事実は経験した現実であった。

検察官と目撃者が、トーマ・クンジが未成年者をレイプし、首を絞めて井戸に遺棄したと証言したことが、その証拠である。その定義を変えることで、真実となったと主張する者も多い。

しかし、トーマ・クンジは、証拠に挙げられているような事件は起きていないとして、それを受け入れなかった。

裁判では、裁判官が法廷で守るべき基本ルールを説明した。突然、トーマ・クンジが被告になった。検察官が事件の核心を含む冒頭陳述を行った：トーマ・クンジは女子寮に行き、ある部屋で未成年の少女をレイプし、首を絞めて、最後に死体を井戸に捨てた。

トーマ・クンジは長い声明を出すことはなかった。彼はジョージ・ムーケンの指示でホステルに行き、所長と会い、要求された通り漏れたパイプラインを修理したと法廷に語った。もう一度、所長のところへ行き、仕事を終えたことを報告した。そして、所長に言われたとおり、井戸の水位と浸水しているポンプの位置を確認するために井戸の近くまで歩いて行った。そして、ようやく家に戻った。

トーマ・クンジは、この裁判が自分の人生に影響を与えるとは思ってもみなかったので、真剣に受け止めなかった。死刑が確定し、再び控訴することなど想像もできなかった。そして最終的な上訴が却下されると、絞首台に連れて行かれる。裁判は一幕劇のようなもので、彼は自分が登場人物となった学校で演じたつもりだった。一幕劇の後、彼は制服を着て夕方に帰宅した。彼は、パルヴァシーとジョージ・ムーケンがアメリカに行った不在の間、家に戻り、養豚場で日々の仕事に従事し、地所の世話をすると信じていた。

トーマ・クンジの側からは証人が出なかったが、彼は弁護を拒否したため、自分一人で十分だと思い込んでいたからだ。パルヴァシーとジョージ・ムーケンがアメリカの娘のところへ行った以外、誰も彼が女子寮に行ったことを知らなかったのだから、証人を立てる必要はなかった。トーマ・クンジは、あの日曜日にワーキング・ウーマンの宿舎で何が起こったのか、その真相を信じていた。単純な事実を説明すれば、裁判官は自分を信じてくれると思ったのだろう。真実は単純で、陽光のように明瞭で、疑う余地はなかった。それは起こったことであり、起こらなかったことではない。起こらなかったことは存在しないのだから、それについて争うことはない。太陽が月であるはずがなく、月が太陽であるはずがないのだから。

刑事事件の裁判は、議論することも検証することもないため意味がなく、トーマ・クンジは心の中で裁判の目的に疑問を抱いていた。証拠は虚偽を作り出す可能性があり、真実は裁判の最中や終了時にどこかに埋もれてしまう。証拠が決め手となり、検察官がそれを作り、世間知らずの裁判官がそれを信じることもあれば、物語を紡ぐ当事者になることもある。

刑事裁判では裁判官が決め手となる。彼は真実に賛成することも、反対することもできる。検察官が作り出した波に乗り、虚偽の証拠に基づいて事実を抑圧することも、虚偽の証拠を否定して真実とともに立つこともできる。

真実は現実を表し、それは嘘とは正反対のものであり、非真実は自己の振動と内なる可能性を欠いているため、存在し得ない。真実は経験と関連していたが、それは事実以外の何ものでもなかった。虚偽は真理を変えることができないので、真理は常に別の真理を支持し、次の真理を理解する。真理は断定的であり、それが語られるとき、具体的な事実、信念、発言を主張し、それらは互いに支え合い、矛盾はなかった。母親のエミリーは真実であり、父親のクリエンは彼を愛していた。彼がイエスの聖心、聖母マリア、すべての聖人の絵をすべて焼いたことは真実だった。神の非存在こそが真実だった。すべての人々は、自分たちの世界が真実であるという特定の知識と信念を持っていた。

トーマ・クンジはいつも真実を話していたので、真実でないことは考えられなかった。母親と父親は、彼に真実を話すように教えた。そして彼が法廷で、少女を見ていないし、レイプもしていないし、首を絞めてもいないし、死体を井戸に捨ててもいないと語ったとき、彼が語ったことは真実だった。そして、なぜ弁護士に裁判での弁護を依頼しなければならないのかもわからなかった。トーマ・クンジは彼の弁護士だった。しかし、なぜ自分が言ったことが本物だと裁判官に納得させなければならないのか、彼は理解できなかった。未成年の少女を殺害し、首を絞めて井戸に捨てたレイプ犯が誰なのかを突き止めるのが警察の義務だった。無実の人間は何の役にも立たず、トーマ・クンジは弁護士の選任を拒否し、国選弁護人も受け入れなかった。自分の潔白について誰かを説得することは、他の人を傷つけることになるからだ。

検事は虚偽のストーリーを織り交ぜていたが、トーマ・クンジは裁判官がそれを却下すると思っていた。検察官の説明は明快で一貫していた。彼は論理的で、トーマ・クンジの罪のなさに異議を唱える、確固たる土台に基づいた証拠を次々と提出した。しかし、検察官が話したことは、証拠に裏付けられていたとはいえ、真実ではなかった。証拠は事実のアンチテーゼとなり、トーマ・クンジを足場へと導いた。

目撃者は、ホステルの所長、係員、コック、そして3人の不明者だった。彼らの物語は、インド刑法と証拠法が織り成し、検察官によって宣告された、連動したタイルによって作られた強固な論理的基盤の上に築かれた。それらは実際の真実のように見えたが、目撃者は臨場感あふれるロボットだった。

最初の証人は係員だった。サリー姿の彼女は違って見えたが、トーマ・クンジは彼女に見覚えがあった。彼女は法廷で、被告人がベルを鳴らした後にドアを開け、被告人をホステルの監視員のところに案内したと述べた。所長から命令を受けた彼女は、内階段を通って被告をテラスに連れて行った。彼女は被告が興味津々であることに気づき、壁や地面を注意深く観察した。テラスのすぐ下まで来ると、彼女は内側からドアを開けた。テラスで彼女は被告に作業を見せ、彼はすぐに作業に取りかかったが、彼女と話をすることはなかった。分後、彼女は被告と別れ、ドアを内側から施錠せずに降りた。被告は30 分以内に戻り、彼女は被告がホステルの所長の部屋に入るのを見た。ホステルの所長や被告と一緒にいなかったのは、他に仕事があったからで、その後のことは知らなかった。

裁判官は、被告には弁護人がいないため、証人に質問することができると告げた。トーマ・クンジは、証人が法廷で話したことは証人にとって真実であり、証人を尋問する気はなかったので、証人に何も尋ねなかった。

「なぜ黙っているのですか？

「黙っているのは私の権利ですか？

「あなたは被告人です。

「彼らにとって私は被告人だが、私にとっては無実だ。

「自分の身は自分で守れ。

「私は誰も告発していないのだから。すべての非難に答えることは不可能だし、どの非難にも反応しない」とトーマ・クンジは答えた。

判事は笑った。

次の目撃者は、まるでポリオを患っているかのように歩行に問題のある若者だった。彼は過去 10 年間、ホステルの清掃係をしていたと法廷に語った。ティーンエイジャーの頃、彼はそこで働き、コックを手伝い、ホステルの所長の用事を済ませた。朝は 5 時、夕方は 6 時にポンプを始動させる。ホステルの 1 階にある階段下の小さな部屋に、彼は独身で滞在していた。孤児だった彼には、休暇中に行くところがなかった。

日曜日の午後 4 時 45 分頃だった。自室で映画音楽を聴きながら休んでいた。突然、誰かの泣き声が聞こえた。女子寮に 10 年以上いた彼は、女性の声を聞き分けることができた。彼はドアを開け、廊下に出た。再び、かすかな叫び声がした。階の部屋からであることは確かだった。必死に部屋を探したが、内側から鍵のかかった部屋を見つけた。彼は、姉の部屋に女の子が泊まっていることを知っていた。姉が前日に家に帰ったとは知らずに、彼女は朝、ホステルにやって来た。少女は部屋で待っていた。町へ向かう夜行バスは 5 時頃だった。

彼はドアをノックしたが、誰も開けなかった。しかし、その少女が部屋にいることは確かだった。彼はホステルの所長室に向かって走ったが、そこに彼女の姿はなく、20 分ほどして庭で彼女を見つけた。そのことを彼女に告げると、彼は少女の部屋に向かって走った。ホステルの所長が先に走っていった。廊下に出たときは夕方 5 時頃で、被告人が少女を抱きかかえて廊下を走っているのを見た。被告はキッチンの脇のドアを開けたが、監視員が追いかけてくるのが見えなかった。証人が玄関に着くと、被告が井戸の方に身を乗り出しているのが見えた。

「顔は見えなかったが、横から見ていた。少女の遺体を持って走っていたのは被告に間違いありません」と目撃者は言った。検察官が裁判官にその出来事を順番に記録するよう要請し、タイピストが証人の言葉を一言一句タイプした。

トーマ・クンジは驚いた表情でスイーパーの話を聞いていた。それは真実ではなかった。

裁判長は被告に、証人に質問したいかどうか尋ねた。トーマ・クンジは、証人が自分について語ったこと、そして語られた出来事は虚偽だと言った。彼は少女の部屋には入らなかったし、証人が話していた少女のことも知らなかった。トーマ・クンジは少女を見たことがなかったし、強姦し、首を絞め、遺体を持って廊下を走り、井戸に遺棄したこともなかった。

トーマ・クンジは、証人を尋問しても、証人が口にした真実を変えることはできないと考え、証人への尋問を拒否した。

無実であることをどうやって証明するのですか？

「なぜ私が無実であることを証明しなければならないのか？私は無実だ。でも、私について言いがかりをつけてくる人たち全員に証明したいとは思わない。人々が虚偽を言うのを止めることは、私には人間的に不可能だ。デマに反応しないのは私の権利だ。

「被告人はあなたです。証人が話したことを反証することだけが、あなたが無罪であることの証明になる」と判事は言った。

「私はそうだ。なぜ、自分の咎を肯定する外的証拠が必要なのか？トーマ・クンジが答えた。

「私は真実を探しているのではなく、証拠が必要なのだ。証拠は真実でないことに反論できる。あなたの沈黙、独善、単純さは、裁判では不十分でしょう。命の危険から身を守らなければなりません」と判事は説明した。

「定言的な真実に基づかない裁判は信じない」とトーマ・クンジは答えた。

判事は笑った。

次の証人はホステルの庭師だった。ホステルの敷地内にある2部屋の古い掘っ立て小屋に、妻と2人の子供と6年間住んでいたという。日曜日は仕事がなかったが、よくホステルの庭を散歩していた。5時20分頃、井戸の近くで騒ぎを聞き、井戸に駆け寄ると、被告が井戸に少女の遺体を投げ入れているのが見えた。ホステルの監視員はドアのすぐ外、キッチンの隣にいた。井戸から水しぶきのような音がした。コックが走って出てきて、被告に向かって「何をしているんだ」と怒鳴った。被告は一言も発せず、黙っていた。庭師は被告の顔を見て怖くなったと言った。すぐに彼はバイクを発進させ、何事もなかったかのように出かけていった。

トーマ・クンジは驚いて庭師を見た。まるで実際にあったことのように、自信に満ちた語り口だった。しかし、その庭師は不誠実だった。

もう一度、裁判官は被告が証人に質問する気があるかどうかを繰り返した。トーマ・クンジは裁判官に、証人が言ったことは純粋な想像だと言った。証人がウソをついても、トーマ・クンジは証人に質問する気はなかった。

ホステルの門番が次の目撃者で、身長約180センチ、40歳前後の太った男だった。彼は12年前から女子寮にいた。さらに2人の門番がいて、それぞれ毎日8時間働いていた。誰かが休暇を取ると、他の者は 12 時間働いた。日曜日は朝 6 時から仕事を始めた。被告は午後3時頃ホステルに到着し、門番に二輪車用の駐車場にバイクを停めるように言われた。彼は被告になぜそこにいるのかと尋ね、被告は修理のために所長に会うためだと答えた。そして被告は中に入った。5時20分ごろ、井戸のほうから大きな音がして、叫び声や泣き声が聞こえた。彼は井戸に向かって走り、被告は井戸の近くに立っていた。ホステルの監視員が勝手口の外にいて、清掃員がその後ろにいた。庭師は井戸の中を見ていた。コックが走ってきて、被告に何をしているのか、なぜ物音がするのか、さらにいくつかの質問をした。門番は被告に二輪車用の駐車スペースにバイクを停めるよう頼んだので、被告人の顔を見分けることができた。

すると検察官は、被告を特定できるかどうか尋ねた。門番は大声で「はい」と言って、トーマ・クンジの方を向き、自分が話していた人物であり、井戸の近くに立っていた人物であることを裁判所に告げた。

トーマ・クンジは門番が嘘をついていることを知っていたので、笑いたくなった。しかし、彼は本気ではないと思っていた。宮廷劇はすべて一芝居であり、芝居が終われば家に帰る。トーマ・クンジは、裁判の深刻さを理解できず、子供の遊びだと思っていた。

裁判官はトーマ・クンジに証人尋問の機会を再度与え、トーマ・クンジは法廷で証人が言ったことは事実無根であり、そんなことはなかったと裁判官に告げた。それに、彼はその証人を見たことがなかったし、法廷で嘘をつくような人物に質問したくなかった。

次の証人はコックだった。井戸のそばのキッチンの外で大きな騒ぎがあったので、外に飛び出して様子を見に行った、と彼女は法廷に語った。ホステルの監視員と清掃員はすでにそこにいた。庭師は井戸を覗いていた。

証人は被告に、何が起きたのか、井戸に何か落ちたのかと尋ねた。被告は井戸に石が落ちていたと答えた。すると証人は、被告はなぜ井戸の方に身を乗り出していたのかと尋ね、井戸の中を覗いて水のレバーと浸漬ポンプの位置を調べていたと答えた。目撃者は、井戸の中に何か重いものが落ちていて、水が上がっていたので、被告を信じることができなかったと言った。目撃者は法廷で、被告は何かを隠しているように見えたと語った。石が 2、3 個落ちたくらいでは、こんな音はしなかっただろう。その音は、被告が井戸に重いものを投げ入れたからだった。

裁判官は、被告が証人に質問したいかどうか尋ねた。トーマ・クンジは裁判官に、証人に質問することは拒否するが、証人の発言についてコメントしたいと答えた。判事は彼の発言を許可した。被告は、証人が自分について語ったことは真実だが、証人が他の証人について語ったことは真実ではないと述べた。

検察官によると、被告は証人への質問を拒否することで証人の供述を受け入れたという。

最後の証人はホステルの所長だった。彼女は白いコットンのサリーにフルスリーブのブラウスを着ていた。白髪をきれいに梳かし、頭の後ろで結んでいる。眼鏡のフレームは銀色で、その声はゆっくりと、しかしまるで土瓶から発しているかのように大きく明瞭であった。冒頭、彼女は三人称で事件を語った。

被告は午後 3 時 20 分ごろホステルに来た。所長は、トーマ・クンジがこなさなければならない仕事の内容を説明した。ホステルの係員とともにテラスに上がり、天井タンクのパイプラインの漏れを直した。係員はすぐに戻り、被告は 30 分以内に作業を終えた。被告は労働の対価を受け取り、所長は退去を求めた。すると所長は、被害者のことを話し始めた。

彼女は 15 歳の女子学生で、ホステラーの姉に会うために朝 8 時半ごろホステルに着いた。その少女は、働く女性の宿舎から 2 キロほど離れた学校の寮生だった。校長先生の許可を得て、姉を訪ねて日曜日を一緒に過ごし、翌日の早朝に学校に戻ることもあった。その日、彼女は姉と一緒に 7 日間の休暇を過ごすためにホステルに向かった。夕方 5 時頃、故郷行きの直通バスがあり、2 時間で故郷に着いたので、少女は一人、姉の部屋で待っていた。ホステルの廊下を歩いていた被告は少女を見つけ、彼女の部屋に入り、レイプし、首を絞めた。

室内の物音を聞きつけ、ホステルの清掃員が駆け付けた。内側から鍵がかかっていた。彼は部屋から弱々しい叫び声を聞くことができた。そして、所長の部屋に駆け上がり、所長に報告した。

突然、所長はナレーションを一人称に変えた。

「スイーパーが庭で私に会い、少女の部屋での騒音について話してくれた。私は彼と一緒にホステルの建物の中へ急いだ。被告人が少女の遺体を抱えて廊下を走っているのが見えた。顔が見えた。彼は被告だった。5 時 15 分頃で、被告は少女の部屋に 30 分ほどいた。私は叫んで追いかけたが、彼はドアを開けて外に出て、少女の遺体を井戸に投げ捨てた。庭師がすでにそこにいて、門番が走ってきて、それからコックが来た。

被告は少女を強姦し、首を絞めて遺体を手に持ち、井戸に行って投げ込んだ。

トーマ・クンジは信じられない思いで所長を見た。彼女が言ったことは真実ではない。ホステルの所長は彼女が嘘をついていることを知っていたが、彼女が言ったことは真実だと映し出した。

判事はトーマ・クンジに、証人を尋問したいかどうか尋ねた。トーマ・クンジは裁判官に、証人が言ったことはほとんどすべて嘘だと言った。偽りが真実になることはないからだ。彼女には言いたいことを言う権利があったが、同時に真実を語る義務があった。しかし、彼女の証拠は事実に基づいておらず、惨敗した。

真理は誠実で、本物で、正直なものであり、真理であるためにはテストも証拠も必要なかった。他人を恐れる者だけが自分を守った。自分を信じる者は孤独であり、トーマ・クンジは孤独であった。大胆不敵な彼は、何が起こっても受け入れた。しかし彼は、すでに彼の経歴に納得していた裁判官を納得させることができなかったにもかかわらず、実際と矛盾するものすべてに異議を唱えた。彼はその歴史を永遠に消し去りたかったのだ。赤ちゃんが子宮の中で育っているとき、彼は母親に、赤ちゃんが生まれると自分の弁護士業務や将来に影響が出るから中絶してほしいと懇願した。しかし、女性はそれを拒否した。

トーマ・クンジの事件が彼の裁判所で裁かれたのはまったくの偶然だった。彼はトーマ・クンジの純真さを知っていたが、若い女性との熱愛の重荷を背負いたくなかった。

コッタヤムのジュビリー公園で会った女性の素性について、クリエンは尋ねなかった。彼女の子供は叔母のところで生まれた。彼は彼女と結婚し、彼女と一緒に遠い国へ行き、豚舎で働いた。クリエンはトーマ・クンジを我が子のように可愛がっていた。

トーマ・クンジは少女をレイプして窒息死させたわけではないので、殺人は犯していない。裁判官は、検察官の言うことを信じ、トーマ・クンジの言うことを受け入れなかった。国交省は彼の友人であったため、検察は勝訴を望んでいた。二人はそれぞれ異なる目的を持っていた。

すべての議論に反論し、他人の虚偽を暴くことはトーマ・クンジの責任ではない。彼には黙秘権があり、弁護する権利はない。彼は未成年の少女を見ていない。もし裁判官がその指摘を受け入れなかったとしても、それはトーマ・クンジの責任ではない。裁判官は真実を知らず、実際のレイプ犯を見つけ出すのにしくじったのだから。レイプ犯を捜索して見つけるのは警察の義務であり、トーマ・クンジの義務ではなかった。

トーマ・クンジは、裁判官が事実と兆候を探すうちに、自分の罪の重さを容易に読み取ることができると想像していた。裁判官の義務は事実に基づいて評決を言い渡すことであり、トーマ・クンジには裁判官を啓発する義務はなかった。もし裁判官が間違った判決を下せば、正義を提供する能力がないことを示すことになる。利己的な人々が自己弁護をし、賢明でない裁判官が誤った判決を下した。トーマ・クンジは利己的な動機で生きていたわけではない。彼の努力は、他人を傷つけることなく誠実な人生を送ることだった。彼は自分の命を守る理由がなかったのだ。

検察官は、目撃者全員が被告を目撃しており、そのうちの2人が、被告が未成年の少女の遺体を運んで井戸に投げ入れるのを目撃していると述べた。そのうちの2人は、彼が井戸の方に身を乗り出しているのを目撃していた。6 人全員が、未成年の少女の遺体が水に落ちたとき、井戸から大きな音がしたのを聞いていた。目撃者6人全員が、被告が犯行に及んだことを確信していた。被告は未成年の少女を強姦し、首を絞めて殺害した。そして彼女の遺体を井戸に投げ込んだ。彼は証拠を突きつけられるのが怖くて証人に質問できず、証人の言い分に偽りがあることを証明できなかった。

刑法にはさまざまな条文があり、証拠法も複雑なため、検察官はトーマ・クンジに強姦魔と殺人犯の称号を与える世界を作り上げた。彼の言葉はすべて罠であり、巨大な網のほんの一部であり、トーマ・クンジをゆっくりと、しかし一貫して一歩一歩絡め取っていく。他人の目には、トーマス・クンジは逃げ場も出口もなく、罪の意識は山頂の朝靄のように消えていった。トーマ・クンジは自分の存在そのものに執着を見せなかった。彼は法廷で起きていることとは無縁で、何が起きるかなど気にもしていなかった。その表情は、検察官にとって罪を認めたものだった。

トーマ・クンジは罪を受け入れようと考えたこともあった。かわいそうな少女が何者かにレイプされ、殺害された。誰かがやったと言ったのは本質的なことで、法廷の傍聴席から立ち上がって "はい、私がやりました "と言う人はいなかった。誰かがやったはずだから、罪を受け入れないのは間違っていた。しかし、彼は責任を告白し、これ以上の裁判を止めることが自分の義務だと考えた。トーマ・クンジは、自分がやってもいないことを自白せよと言われるような泥沼にはまったことは、人生で一度もなかった。それは、目に見える犯人のいない裁判を続行しないよう、裁判官を助けるためだった。被害者がいて、殺人犯がいるのは必然であり、自分が加害者でなくても、それを認めるのが彼の義務だった。しかし、少女をレイプし、首を絞めて井戸に捨てたわけでもないのに、彼は被告人となった。それは迷った考えだったが、彼の信念や信条に反していた。

その沈黙の中で、トーマ・クンジは未成年の少女を見たこともないのにレイプ犯として登場した。彼は罪という重荷を背負わなければならなかった。

黙秘することは、自己負罪に対する特権を超えていた。誰もが皆を守る義務があり、冤罪で他人を非難しない責任があるのだから。なぜ自分の身を守らなければならないのか、それはトーマ・クンジにとって答えのない問題だった。

人は自分の栄光を捏造すべきではないとして、罪のない情報を隠していたのだ。

「私は弁護士ですが、自分を守る必要はないと思っているので、自分のことは話したくありません。私について嘘を言わないのは、他の個人や社会の義務です」最終日の法廷が始まったとき、トーマ・クンジは裁判官に言った。裁判官は、トーマ・クンジの主張を、下らない、空虚な、浅はかな、あるいは無謀なものだと考えた。

トーマ・クンジは、裁判官が自分の沈黙を自分に不利な証拠だとは思っていないだろうと思い、信じられない思いで裁判官を見た。

検察官も裁判官と一緒になって大笑いした。トーマ・クンジは懐疑的な目で検事を見た。彼は裁判官と検察官が、すべての行動と信念においてまっすぐでありたいと願う人間の心を知らないのだと思った。

裁判官がトーマ・クンジの有罪を宣言すると、検察官の表情は勝ち誇ったものになる。彼は未成年の少女をレイプし、首を絞めて、女子寮の井戸に遺棄した。

検察官の喜びの表情を聞いたとき、トーマ・クンジの顔には困惑が浮かんだ。検察官は、自分が政治家の友人の利益のために虚偽を織り交ぜていることを知っていた。

トーマ・クンジは検事と判事を軽蔑と哀れみの目で見た。

母親、エミリー、パルヴァシー、アンビカ以外の女の子や女性に手を出したことがないと説得しようとしても、彼の努力は無駄だった。そのような欠陥のある性的衝動はなかったため、少女や女性をレイプしようと思ったことはないと証明することはできなかった。

アプー以外には怒ったことがなかったので、首を絞めようと思ったことはなかった。

しかし、アプーは悪質だった。彼は公衆の面前でトーマ・クンジに恥をかかせようとし、その標的はトーマ・クンジの母親だった。エミリーは彼の誇りであり、彼女の悪口を言う者は彼の心を傷つける。その痛みは想像を絶するものだった。

人間の行動に対する彼の無知が、他人が彼の犯罪性の表れと考えるような沈黙を保たせたのだ。彼は誰に対しても信頼を寄せていたため、傷つきやすく、無口で善良な性格が仇となった。事件の説明も明確でなく、警察、法律、裁判の概念も理解できない。内向的で、非社交的で、人の敵であるかのような彼の質素な生活は、彼の逆鱗に触れた。検察官の話を聞きながら、トーマ・クンジは自分が無罪であるという確信を疑い、少女をレイプし、首を絞め、遺体を見ることも触ることもなく落とし穴に捨てたのではないかと考えた。

絞首台でも、地方判事が令状を読み上げるまでの数分間以外は、沈黙がすべてを覆っていた。

仲間の死刑執行を目撃することは許されなかった。トマ・クンジは、刑務所長、2 人の上級看守、10 人の警部と 2 人の警部長を含む最低 12 人の看守が絞首台にいることを知っていた。トーマ・クンジは神を信じていないので、司祭はいない。監督官は、殺人犯や受刑者の行動に関する研究に従事している社会科学者、心理学者、精神科医に、死刑執行に立ち会うことを許可することができる。

処刑は日の出前に行われ、すべての囚人はバラックや独房に閉じ込められる。

トーマ・クンジは絞首台を見ることが許されないため、フードを被ることになる。

刑務所は独自の宇宙であり、自由を失った人々のための世界だった。社会にとって、独立の喪失は自由の不正流用によるものだった。しかし、そもそも自由がないのであれば、トマ・クンジはどこで自律を正すことができるのだろうか？自己決定はそれを得るために失われ、自己がなければ、自己統治は存在の荒れ地に消えていった。

トーマ・クンジは最終的な上訴が却下され、永遠に敗れた。

「この受刑者は危険な性犯罪者であり、この国の法律を尊重し遵守する個人の平和的共存を脅かす存在である。

長い間使われていなかった絞首台に油を差すよう刑務所当局に迫り、トーマ・クンジを吊るための頑丈な縄を用意するよう監督官に指示した。

しかし、『危険な性犯罪者』という言葉の意味は彼の理解を超えていた。この1週間、彼はそれを理解させようとしたが、失敗した。刑務所では誰もその意味を理解させることはできなかった。母親が生きていれば、簡単に説明してもらうこともできただろう。彼は、彼女が学校の校長に宛てた手紙の下書きをしているのを見たことがある。もしパルヴァシーとジョージ・ムーケンがその場にいたなら、彼らに尋ねることもできただろう。しかし、トーマ・クンジが頭上タンクのパイプラインの漏れを修理するために女子寮に行ったその日の午後、彼女たちはアメリカに向かった。

個人の平和的共存を脅かすという言葉の意味を理解することは、トーマ・クンジにとっても同様に難しいことだった。トーマ・クンジは、母親をヴェーシャと呼んだアプーを殴った以外は、誰にとっても危険な存在にはならなかった。アプーがママの人格を傷つけようとしたため、彼は激怒した。それは痛々しく、修復不可能なほど彼を傷つけた。歯が2本抜け、血を吐いていた。トーマ・クンジが個人の平和的共存を脅かす存在になったのは、そのときだけだった。しかし、誰もアプーの言葉に悪意の重さを感じなかった。ママを売春婦呼ばわりする筋合いはない。

しかし、学校はトーマ・クンジを名簿から抹消し、転校証明書の発行を拒否した。学業を終えたジョージ・ムーケンは、転校証明書を求めて校長に面会したが、失望して帰ってきた。

トーマ・クンジは豚舎に行った。彼は子豚の去勢が得意で、ナイフは鋭く、トーマ・クンジが仕事をするのに2分しかかからなかった。子豚は2日もしないうちに普通になり、食べる量も増え、太って大きくなった。去勢した豚の肉の需要が増えた。しかし、パルヴァシーやムーケンのように勉強してエンジニアになり、海外を旅したかったので、学校を忘れることはできなかった。しかし、トーマ・クンジは子豚の夢を見て眠り、豚の臭いが好きだった。

最初のアピールが却下されたことも、鋭く突き刺さるものだった：

「法は公平、正義、平等を要求する。被告は未成年者の首を絞めた後、強姦し、死体を井戸に遺棄した。彼は重大な不祥事を起こした過去がある。慈悲の祈りは却下された。

トーマ・クンジは評決で使われた言葉の信憑性を理解できなかった。未成年者をレイプした覚えもなく、不祥事を起こしたこともなく、母親以外とハグをしたことすらない。幼い頃、パールヴァシーはよく彼を抱きしめ、額に甘いキスをした。トーマ・クンジにとって、判決や控訴棄却の事件や非難はフェイクだった。彼は一度も女性とセックスをしたことがなく、35 歳で、未成年者へのレイプと殺人の罪で絞首台に向かって行進していた。

突然、パレードが止まり、足音もなく、完全な静寂が訪れた。塀の中では、管理人、看守、医師、看守、トーマ・クンジ以外はみんな寝ていた。絞首台までは 2 分かかる。地方判事が令状を読み上げ、死刑執行人が彼を足場に導き、仕掛け扉の上に置き、首に縄をかける。彼は死刑囚に近づき、耳元でささやいた：

「私は自分の義務を果たしているのです。

彼の義務は無実の男を絞首刑にすることだった。しかし、死刑囚が本当に有罪かどうかを確認するのは彼の義務ではなく、それは裁判官の義務だった。数え切れないほどの事件における他の多くの裁判官と同様、この裁判官もその任務に失敗した。

死刑執行人の最後の行為は、絞首台のレバーを引くことだった。その後、医師が絞首刑者の死亡を確認し、最終証明書に署名する。

独房から絞首台まで 10 分もかからないだろう。

穴の中で縄にぶら下がったまま、さらに 10 分。

社会科学者、心理学者、犯罪学者、精神科医が終わりのない議論を始め、多くのジャーナリストがそれに加わった。彼らは勉強になる記事を書いたり、ディスカッションのアンカーを務めたりする。

監督は振り返った：

「顔を覆え」と命じた。

先輩看守は黒い縫い布を取り出し、トーマ・クンジの頭にかぶせ、顔をきれいに覆った。彼はもう、太陽、月、星、動物、鳥、木々、匍匐茎、愛するアヤンクンヌ、モンスーン雲に覆われたアッタヨリの峰々、バラプザ、そのほとりの象や虎、ココナッツ農園、豚舎、そしてパルヴァシー、ジョージ・ムーケン、ラザックなどの人間を見ることはないだろう。

絞首刑の前に死刑囚の頭と顔を黒い布で覆うのは、絞首刑囚の尊厳を守るための儀式だった。死刑囚は絞首台を見るべきではない。縄に吊るされている間の彼の表情や感情の起伏を、誰も見ることはできない。社会は死刑囚の自尊心を心配していたが、目撃者が虚偽であることを知っていた未成年の少女に対する強姦と絞殺で彼を告発し、彼の自由を否定することに何のためらいもなかった。しかし、トーマ・クンジは格好の餌食だったため、彼らはトーマ・クンジを告発した。証人はみな、フィクションを語ることで利益を得ている。所長が保護したのは、ケーララ州議会（ケーララ州における議員の究極の議席）の選挙に立候補していた政治家の成人した息子だった。

トーマ・クンジは 11 年間を刑務所で過ごした。その頃、一人の青年が州の教育大臣となり、国賓として多くの学校や大学を訪れていた。彼は少女たちに、レイプやトーマ・クンジのような略奪者の性犯罪から身を守るよう忠告し、未成年の少女をレイプして井戸に遺体を捨てた後、ホステルの所長の寝室に隠れた１週間のことを鮮明に思い出した。しかし、トーマ・クンジはアキームではなかった。

高裁、最高裁、大統領はトーマ・クンジの訴えを退け、インドで最も保護された人間であるトーマ・クンジとともに 10 分間の行進が始まった。かつて、彼は共和国記念日のパレードに参加し、人生最後の日、黒いカウルを身にまとい、罪の意識もなく、言葉を奪われたまま絞首台に向かって行進した。

黒い布

エミリーが十字架から首を吊ったとき、彼女はほとんど裸だった。まるで裸のイエスを抱きしめているかのようだった。

エミリーはココナッツの殻からロープを作った。夜中の3時半頃、彼女は息子の部屋のドアを開け、ベッドの近くに行って、少し息子の様子を見た。彼女は 13 年間、彼のためだけに生き、子宮内で成長していた彼を堕胎することを拒んだ。トーマ・クンジが生まれたとき、エミリーは 19 歳だった。

32 歳で死ぬのは若すぎる。

エミリーは教会の前の十字架の上で孤独に死んだ。

左手にはロープ、右手にはプラスチックのスツールが握られていた。真っ暗な中、彼女は 500 メートルほど歩いた。13 年間、毎週日曜日、祝祭日、すべての聖人の日、すべての魂の日など、1000 回歩いたので、彼女はその道を知り尽くしていた。

教会の尖塔からの薄明かりが、巨大な暗い花崗岩の十字架に長い影を落とし、金属製のイエス像は大きなトカゲのように見えた。

エミリーは定期的に教会に通っており、トーマ・クンジは幼児として彼女に付き添っていた。

クリエンは教会に行くことを拒否し、神を信じていなかった。

クリエンはエミリーとトーマ・クンジが教会に行くことに反対しなかった。彼は妻と息子を愛し、彼らのために生きた。叔母がエミリーとの教会での結婚を主張したとき、彼は一緒に教会に行った。

ジョージ・ムーケンとパルヴァシーは彼に仕事を与え、彼は感謝していた。クリエンは獣医学部で養豚の1年コースを修了したばかりで、養豚場の監督者を募集する小さな広告を目にした。彼はアヤンクヌまで行き、パルヴァシーとムーケンに会った。彼らは彼を気に入り、彼の熱意、体系的なアプローチ、希望、献身を高く評価した。彼はまだ 17 歳だった。クリエンはジョージ・ムーケンの土地の一角に小さな小屋を建て、その後、エミリーとトーマ・クンジが加わったときにムーケンは小屋の周りに半エーカーの土地を贈った。

エミリーとトーマ・クンジをアヤンクヌに連れてくるまでの7年間、彼らとともに働いた。クリエンは初めて3日間の休暇を取り、唯一の肉親である父の妹マリアムに会うためにコッタヤムへ向かった。彼女はイギリスで 40 年間看護師をしていたが、医師だった夫が亡くなり、子供たちとその子供たちをイギリスに残して、夫婦でコッタヤムに建てた家に戻った。

クリエンは幼い頃に母親を亡くし、税務署の事務員だった父親は再婚せず、酒に溺れてすべてを失い、街角で死んだ。クリエンは 10 歳のときから牛舎で働き、勉強を続け、大学に入学し、養豚の 1 年コースを修了した。

父の姉と過ごした 2 日目の夜 7 時頃、クリエンは叔母の家の隣にあるジュビリー公園で、若い妊婦が一人で座っているのを見かけた。彼は彼女が助けを必要としていることを認識していた。小雨が降り、暗くなっていた。彼は豚の感覚から、彼女が妊娠の最終段階にあり、早急な援助を必要としていることを察知した。女性は行くところがないと言い、クリエンは何も考えずに叔母の家まで一緒に行ってくれるよう頼んだ。彼女は歩くことができず、クリエンが彼女を抱きかかえた。

マリアムは時間を無駄にしなかった。エミリーを家の中に入れ、温水で洗い、栄養のある食べ物を与え、脚や腕をマッサージした。一晩中、彼女は眠らずに妊婦のそばにいた。翌日の 4 時 5 分、エミリーは出産した。ジョージ・ムーケンの豚小屋での経験が役に立ったのだ。

7 日目、マリアムは幼子を教区の教会に連れて行き、エミリーとクリエンは彼女について行った。マリアムは、ケーララにおけるキリスト教の創始者である使徒聖トマスにちなんで、赤ん坊の名前をトマスにしようと提案した。司祭はアラム語、シリア語、マラヤーラム語で祈りを唱えた。

マリアムはパーティーを企画し、教区の司祭、六角司祭、祭壇の少年たち、そして近所の人たちを招待した。

クリエンはあと 1 週間、合計 10 日間休暇を延長し、翌日エミリーとトーマ・クンジをマリアムに預けてマラバールに戻るつもりだった。彼はエミリーに、翌日また行くと言った。エミリーは彼を見て静かに泣いた。

「一緒に来るかい？私は豚舎で働いています。雇い主の土地に小屋を建てただけで、何も持っていません」とクリエンは言った。

「地球上のどこへでも、あなたと一緒に行きたい。

「本当ですか？クリエンはエミリーから確証を得ようとした。

「確かに。私はあなたとともに生き、あなたとともに死にます」とエミリーは言った。

クリエンとエミリーは自分たちの決断をマリアムに伝えた。マリアムはエミリーにウェディングドレス、クリエンにスーツ、そして2つの結婚指輪を贈った後、2 人を再び教会に連れて行った。司祭の前で、エミリーとクリエンは誓いの言葉を交わした。誓いの言葉を述べた後、ふたりは左手の４番目の指にはめた結婚指輪を交換した。そこで司祭はエミリーとクリエンの夫婦を宣言した。

″私は今、あなたたちを夫婦と宣言する″

最後に司祭は、″父と子と聖霊の御名によって ″彼らを祝福した。

マリアムは、エミリーとクリエンがゴシップや人格攻撃の犠牲にならないよう、トーマ・クンジの養子になることを望んでいると表明した。彼女は純粋にトーマ・クンジを愛し、彼を孫として面倒を見、医者やエンジニア、あるいは IAS 将校になるよう教育することを厭わなかった。

エミリーは息子と夫のいない世界を想像できなかった。

マリアムは孤独な生活に疲れ、老後は愛する人が欲しいと願っていた。

エミリーは、コッタヤムからタラセリー行きの列車に乗ったとき、トーマ・クンジを胸に抱いた。

エミリーにとって初めてのマラバールの旅で、彼女はアヤンクヌを気に入った。パルヴァシーとジョージ・ムーケンは、エミリーとトーマ・クンジ、そしてクリエンを快く迎え入れ、エミリーと赤ん坊を歓迎するために、彼らの農家で働く人たち全員を招いてパーティーを開いた。

パールヴァシーはエミリーと延々と話し続け、彼女と出会い、隣人であり友人であることに喜びを表した。

ジョージ・ムーケンとパルヴァシーは、エミリー、トーマ・クンジ、クリエンの3人に、自分たちのシェルター周辺の半エーカーの土地を贈った。

クリエンとエミリーは小さな小屋で生活を始め、パルヴァシーとジョージ・ムーケンは家を建てるための資金援助を約束した。エミリーは働く必要があり、直接的な金銭的援助は期待していないと伝えた。しかし、教員養成課程を修了していないため、小学校教諭として就職する資格はなく、大学も卒業していないため、他の仕事に就く資格もない。

エミリーはどんな仕事でもやる気満々で、牛舎や豚舎で働きたいと言ったが、パールヴァシーは彼女を思いとどまらせた。

エミリーは教区教会にある学校の清掃員の仕事に応募した。給料は政府から支給されたが、学校の責任者である司教に高額な賄賂を払うことはできなかった。ジョージ・ムーケンはエミリーに、家から2キロほど離れた政府が運営する学校で清掃員の募集があることを告げ、エミリーはその仕事に応募した。3ヵ月も経たないうちに、エミリーは教育担当官から任命命令を受けた。

牧師は、官立学校での仕事を引き受けたエミリーを快く思っていなかった。彼女は教区司祭に、教会に誘惑金を支払うのは難しいと説明した。それにもかかわらず、公立の学校では固定費を払う必要はなかった。

トーマ・クンジは５歳のとき、家から歩いて５分のところにある教会が運営する学校に通い始めた。ジョージ・ムーケンは牧師に１万ルピーを寄付し、学校に席を用意してもらった。トーマ・クンジは気立てのいい子供で、勉強も課外活動も得意だった。母親と同じように、マラヤーラム語と英語で上手に話すことができた。

トーマ・クンジはクリエンの首に腕を回し、腰に足を回しておんぶを楽しんだ。クリエンは暇さえあれば彼をおんぶするのが好きだった。エミリーは父子の乗馬を見ながら、しばしば大声で笑った。

一家はカヌールやタラセリーまで旅行し、ビーチで長い時間を過ごし、３ヶ月に一度は砂の上でボールを投げて遊んだ。夜はマラヤーラム語やハリウッドの映画を見、ホテルに泊まり、外食が大好きだった。

彼女はトーマ・クンジとエミリーに、衣類を含む贈り物の詰まったバッグを贈るのを忘れなかった。しかし、マリアムの突然の死によって、コッタヤムへの旅は終わりを告げた。

トーマ・クンジはクリエンとエミリーの両方を愛していた。彼は毎晩、豚舎での長い労働を終えた父親の帰りを待った。週に2回、クリエンは運転手と一緒にバンガロールやマイソールなどカルナータカ州の遠方まで出かけた。彼はトーマ・クンジへの贈り物、特に科学技術に関する本を忘れることはなかった。

クリエンはトーマ・クンジの親友で、エミリーは彼の兄弟だった。彼は自分の願望と期待を彼女に伝え、エミリーは熱心に耳を傾けた。クリエンの突然の死後、エミリーはトーマ・クンジと家族、経済状況、計画について話し合った。彼が 12 歳のとき、エミリーは自分の生い立ちを打ち明けた。エミリーはトーマ・クンジを尊敬しており、12 歳までには複雑な人間の問題を理解できる成熟した人間になるだろうと思っていた。トーマ・クンジは、母親の不安や心配に寄り添っていた。

トーマ・クンジはエミリーの姿が気に入った。彼女には稀有な魅力があり、彼は自分の母親を美しいと思っていた。彼は彼女の短い髪を梳かすのが好きで、黒くてかわいらしい。

エミリーは近所の女性グループの活発なメンバーだった。女性たちは彼女の話術と明瞭な表現力に好感を持った。彼女は多くの家を訪れ、女性や少女たちと一緒に、夫のアルコール依存症や、ほとんどが被害者である家庭内暴力など、いくつかの問題を解決した。

毎週日曜日の午後、エミリーはトーマ・クンジを家から 12 キロほど離れた町にある老人ホームに連れて行った。エミリーは二輪車を持っていて、難なく運転していた。老人ホームの入所者は 65 人ほどで、ほとんどが未亡人とフラれた女性だった。ほとんどの女性は 65 歳から 80 歳の年齢層であった。以前は多くのボランティアがボランティア活動に訪れていた。エミリーは食堂、居間、寮、便所の掃除とモップがけをした。時には洗濯機で受刑者の服を洗い、受刑者を風呂に入れ、タオルで体を乾かした。トーマ・クンジはいつもエミリーと一緒にいて、母親の仕事を手伝っていた。彼は高齢者に親近感と愛情を抱き、彼らの感情、特に苦悩、不安、悲しみ、嘆きを理解しようと努めた。未亡人になった女性が息子に家を追い出され、街角で悲惨な生活を送っていることも知っていた。ほとんどの窓は、近親者（主に子供）によって施設に収容されていた。トーマ・クンジは共感を持って彼らの話に耳を傾けた。夫より長生きし、子供たちは海外に移住し、老後の面倒を見てくれると信じて子供たちに全財産を譲る女性もいた。

拒絶された人々との親密さと親近感は、トーマ・クンジが人生の目標である「自我を捨てる」ことを発展させる上で影響を与えた。彼らの物語は彼の物語であり、彼らの痛みは彼の痛みであり、彼らの希望は彼の希望であり、彼らの喜びは彼の喜びであった。人間の生きる目的についての彼の認識は、他者との経験の総体から生まれたものであり、それはガジュマルの木のように成長し、皆に木陰を提供した。彼は自分の存在を乗り越え、他者の感情を受け入れ、自分と他者の間に違いはないとして、他者の幸福に対して同等の責任を負うようになった。

トーマ・クンジは自分自身を忘れ、他者として進化した。

トーマ・クンジの感情的、心理的成長におけるエミリーのインスピレーションは、彼の言動に顕著に表れていた。彼は、自分の人生と将来を形作る支配的な自我を持たずに育った。エミリーは彼の魅力の中心だった。彼女の他人に対する愛情、素朴さ、勇気、まっすぐさに彼は魅了された。

エミリーは、女性代表のひとりとして地元の教区議会の議員に選ばれた。女性3名、男性7名が理事会に所属していた。他の2人の女性は修道院の修道女で、教区学校の教師だった。修道女たちは卒業生であり教師であるため、常に優位性を示していた。彼らはエミリーを社会的地位のないアンタッチャブルな女性として扱った。エミリーは話し上手で、自分の考えを効果的に伝えることができるからだ。エミリーは英語が堪能で、物怖じせず、自分の意見を率直に言うので、彼らはうらやましがった。

司祭は教区評議会で女性が発言することを禁じ、修道女たちは深い沈黙を守った。エミリーが話をしようとすると、牧師は「集会は男性のためのもので、女性の仕事は牧師の話を聞くことだ」と念を押した。エミリーは神父に反対を表明し、牧師は次第に、教会における女性の立場を知るために聖書を読んでいないとエミリーを揶揄するのが通例となった。ほとんどの男性は神父の意見に同意し、エミリーの自己主張の強い行動を非難した。女性は教区司祭の前で大胆になってはいけないと言われた。

司祭は聖書を手に取り、聖パウロのテモテへの最初の手紙を読んだ：

″私は、女性が男性に教えたり、権威を持ったりすることを許さない。

その一節を読んだ司祭は、女性は教会や社会では従属的な立場にしかないと言った。彼らは男性、特に教区司祭に従わなければならなかった。

エミリーは何も言わなかった。彼女は思慮深い沈黙を守った。

またある時、エミリーは、大学教育を受けられない教区の女の子たちについて話したいと思った。神父は彼女に口を閉じるように頼み、家族や教会では黙っているべきだと言った。彼女は話すことを許されず、服従しなければならなかった。

エミリーは神父に、彼はまだ中世にいるのだと言った。世界は何世紀も前に大きく変わり、女性は名声と名声を手に入れた。それに、女性の参加なしには文化も文明も存続できない。

教区司祭は激しくジェスチャーし、エミリーを怒鳴りつけた。人の修道女をはじめ、ほとんどすべての男性が、エミリーを虐待する牧師を支持した。しかし、エミリーは神父に、彼は今まで見た中で最悪の女性差別主義者だと言った。神父は激怒し、エミリーを教区評議会から外した。次の会議では、別の修道女が委員に選出された。

エミリーは教会も神もなくても生きていけると、クリエンにすべてを相談した。どちらも人間の生活に多大な影響を及ぼしていたとはいえ、それを拒否することを決めれば、それなしで生きていくことは簡単だった。宗教と神は、神話的で迷信的、抑圧的で家父長制的で、文化の進化過程の悪質な分派であると考える。男性が女性を抑圧し、奴隷として性的横領を続けるために、男性のための宗教を作った。歴史は、まともな声、社会の進歩、民主主義を抑圧するために、男性が宗教を武器として使ったことを浮き彫りにしている。宗教は常に民主主義や啓蒙主義に反対していた。エミリーは、夫が自由と平等を求める女性たち、特に妻の切望を理解していたため、クリエンの話を興味深く聞いていた。彼は彼女の苦難に岩のように寄り添った。

エミリーとクリエンは互いを愛し、大切にし、トーマ・クンジは彼らから愛情の基本を学んだ。彼らの存在は彼にとって豊かなものであり、彼らの言動をつぶさに観察した。彼らはいつも彼にインスピレーションを与えてくれた。

母や父に倣い、トーマ・クンジはエゴイズムを超えた人生哲学を展開した。彼は、両親であるジョージ・ムーケンとパルヴァシーからの贈り物を学校の他の生徒たちと分かち合うのが好きだった。幼い頃から、他人にも苦しみや悲しみ、不安や悲しみがあり、それが皆の人生に悪影響を及ぼすことを理解していた。彼は嘘をつくことを拒み、他人に苦痛を与えることを控えた。他の生徒たちも、彼と同じような願望を抱き、同じような感情を胸に秘め、同じような悩みを抱えていた。小学4年生までは、ほとんどすべての少年少女が思いやりと気遣いをもって振る舞っていた。小学 5 年生や 10 歳になると、彼らは共感や平常心を着実に失っていく。トーマ・クンジには、両親から学んだこと、両親から教え込まれた価値観を実践し、ありのままの自分であり続けたいという願望があった。しかし、それは彼の人生に緊張と葛藤をもたらし、他人は彼を疑いの目で見たり、いたずらな発言をしたり、時には悪意のある計画の犠牲にさせられたりした。

両親と一緒のとき、あるいは一人で旅行するとき、彼は同乗者に礼儀正しく接した。彼は他人、特に見知らぬ人とあまり親しくしてはいけないと学んだ。トーマ・クンジはカリカット空港から高知への初フライトを経験したが、乗客が飛行機の入り口に向かって押し合いへし合いをしているのを見て愕然とした。同じような行動は、大きな町や市場で目撃された。人間の基本的な行動はどのような状況でも同じであり、変えることはできない。高度な教育を受け、権力を持ち、裕福で影響力のある者と、読み書きができず、体が弱く、貧しく、影響力のない者の行動に違いはないことを、トーマ・クンジはアンデス山脈での飛行機事故犠牲者の話を読んで知った。捜索隊が到着するまで、人肉食に頼って生き延びた乗客もいた。

トーマ・クンジは、2 人の船員とともにキャビンボーイのリチャード・パーカーを殺して食べたミニョネットのダドリー船長の立場を支持する人々に同意できなかった。彼らは南大西洋で難破し、19 日間食べ物がなかった。キャビンボーイを殺して食べるのが唯一の選択肢だった。トーマ・クンジは、人々の集団生活を支配する法律の本質について考察した。彼は、特定の義務や権利は、社会的な結果とは無関係の理由で社会の尊敬を集めるべきだという価値観を展開した。人は生物学的に自己中心的であり、他の動物と同じように自分の利益のために行動する。しかし、トーマ・クンジはそうではなく、他人の気持ちを尊重し、無欲に生きたいと考えていた。

トーマ・クンジは孤独で無口になり、あらゆる場所、特に学校で不正行為に立ち向かった。彼の友人たちはますます自意識過剰になり、自己成長に興味を持ち、その結果、他人を卑下するようになった。ほとんどの教師は個性と個人的な成果を奨励する。彼が共和国記念日のパレードに参加することになったとき、ほとんどすべての友人が彼を賞賛し励ます代わりに、彼を悪く言う噂話をした。突然、彼は彼らの嫉妬の的となったが、トーマ・クンジにとって、彼は彼らから何かを奪ったり、悪口を言ったり、傷つけたりしたことはなかった。

友人たちとの間には大きな溝があり、それを埋めるのは難しい。

「掃除夫の息子なのに、どうやって選んだんだ？彼らにとっての選択の基準は、両親の地位、社会的背景、経済状況だった。

「彼の死んだ父親は豚舎で働いていたし、共和国記念日のパレードにも参加している。

トーマ・クンジは教師たちに同情した。彼らの人間像は細長く、偏狭で、価値観を蔑ろにし、自尊心を失っていた。

人間の能力や人間らしさを測る基準が違っていたのだ。教師も生徒も、それが集団的な成果であり、祝賀や幸福をもたらす共通の原因であるとは考えていなかった。それどころか、憎悪と嫉妬を吹き込んだ。トーマ・クンジは、他の誰かに与えられたものを奪ったわけではない。共和国記念日パレードへの参加は、明確で、具体的で、自信に満ちた選択に基づくものであり、彼はその手段を満たしたのである。それでも、トーマ・クンジは自分がより優秀だとは思っていなかった。なぜなら、他の選手が受けなかったような特殊な社会的・心理的背景の結果であるため、選抜の原則にメリットはないはずだからだ。だから、努力は功労者の理由にはならなかった。

しかし、トーマ・クンジは、自分の経歴と功績のために友人たちから拒絶される経験をした。彼の人生は、他人と違うことをするための実験であった。彼は人生に対する異なる認識を渇望し、無欲な人生のプリズムを通して出来事を観察した。誰に教わったわけでもないが、それは悟りであり、新たな意識であり、誰も傷つけないことに集中した。彼は嘘をつきたくなかったし、自分を守りたかったわけでもなかった。父親を失ったことが、新たな進化の過程で彼を形作った。彼は他人の立場になって考え、他人は彼を無私の人間として見ることができなかった。

それは、エミリーの教区司祭との戦いのように、トーマ・クンジにとっての闘いだった。それは苦痛であり、忘れがたいものだった。彼は他人を観察し、一人ひとりが人生の目標を持っていることを学び、それを達成しようと努力した。誰にでも悲しい生い立ちや楽しい生い立ちがある。

母エミリーと老人ホームで働いたことは、彼の心、精神、生き方を変えた。彼は自分の中に他人を、他人の中に自分を見るようになった。しかし、ひとたび仲間に怒りを覚えると、彼の人生は一変した。彼は決してアプーを殴るつもりはなかった。痛い罰則があった。平和共存のために最善を尽くすだけでは不十分で、どこからともなく敵が現れる可能性がある。エミリーにも同じことがあった。

牧師は教区評議会でエミリーが質問をするのを嫌った。彼女を評議会のメンバーから外したにもかかわらず、彼は心の中で彼女を恨んでいた。機会があればいつでも、エミリーを公の場で辱めようとした。しかし、エミリーは論理的かつ謙虚に語り、神父の傲慢さと無知を暴くことができた。牧師は、彼女が話す機会がない日曜日の説教で、彼女を困らせようと考えた。牧師はエミリーが日曜礼拝の常連であることを知っており、説教の中でエミリーを懲らしめるつもりだった。日曜日の講演は主に福音書と使徒の書簡からで、多くの日曜日は聖パウロの言葉を探していた。

その日曜日、朗読はコリントの信徒への手紙第一 11 章からで、彼の説教はその朗読に基づくものだった。彼ははっきりとした声で、読んだことを繰り返した。

「人は神の栄光であり、そのために頭を覆ってはならない。女は男の栄光だ」。そして、教会に集まった信者たちを見て、その目はまるでウサギを狩る獰猛な白頭ワシのようにエミリーを探した。彼女は教会では頭を覆わず、短い髪を露出していた。

まるで帰依者たちに語りかけるように、彼は説教を続けた。

エミリーは教会で頭を覆うことを拒んだ唯一の女性であり、神父が自分のことを話しているのだと理解した。女性も男性も悪質な好奇心でエミリーを見つめ、噂話を始める者もいた。神父は、エミリーと会衆が自分の言ったことの深い意味を理解してくれたことをうれしく思った。

もう一度、エミリーを見ながら司祭は言った：

″妻が髪を切るのは不名誉なことだ″

数秒の沈黙の後、司祭が再び口を開いた：

”夫に恵みがなければ、妻がすることは夫の栄光である”

神父は死んだ夫をターゲットにしていた。クリエンは信者ではなかったし、教会の礼拝に出席したこともなかった。もうこの世にいない人の悪口を言うのは、それも説教壇に立っている神父にとって非宗教的なことだった。牧師は、ひとたび無制限の権力を手にすれば、非常に意地悪になる可能性があり、観客は反応できず、反論することも禁じられていた。クリエンは黄金の心を持っており、司祭とは正反対の貴族だった。エミリーは胸が熱くなり、血の気が引いた。教会は聖別された場所であり、最後の晩餐と磔刑を思い起こすために司祭がパンとぶどう酒をキリストの体と血に変容させる場所だからだ。司祭は、死んだ男とその妻の容姿を悪く言うべきではなかった。髪型は女性の個人的な選択であり、自由と平等の表現であった。いかなる司祭も、いかなる教会も、それを否定し、悪く言う力はなかった。

クリエンはエミリーが髪を整えることに反対はしなかった。彼女のヘアスタイルを見るのを喜び、彼女が自分のニーズと選択に従って自由な女性であることをいつも励ましていた。エミリーは神父を見ながら、「その汚い口を閉じろ、女の悪口を言うな」と唸りたくなったが、自制した。1 世紀、ギリシャ狂信者で男尊女卑主義者のタルソス出身の狂人が、コリントの男性たちにバカげた手紙を書いた。常に夫の一歩先を行く進歩的な女性たちをコントロールしたかったのだ。彼の名はパウロといい、イエスに会ったこともないのにイエスの弟子だと主張した。しかし、パウロはイエスをキリストという架空の存在、人間と神の融合体、性のない神の子に変えてしまった。

パウロはジョーカーであり、抑圧者であり、原理主義者であり、いつもイエスと共に歩み、イエスのたとえ話に耳を傾けていたイエスの友人の女性たちを服従させた経験がある。弟子のイスカリオテのユダに裏切られたときも、彼らは一緒にいた。もう一人の男性、ペテロは、イエスがゴルゴダに連行されると、イエスから逃げ出した。ローマ軍が彼を十字架につけたとき、彼の女たちは彼と一緒にいた。マグダラのマリアは彼の墓で三晩を過ごし、彼が復活したとき、彼を最初に見たのは彼女だった。彼女は喜びと嬉しさで茫然自失となり、彼をヘブライ語やアラム語で夫を意味する言葉である "私の主 "と呼んだ。

イエスの弟子たちは、夫であるマグダラのマリアを否定しようとした。彼らは彼女から地位と親密さを奪おうとし、売春婦と呼んだ。イエスの男性弟子たちは、教会における女性の正当な地位を否定した。そしてエミリーは、神父も同じことをしていると思っていた。20 世紀を経ても、教会はその否定に生き続けた。ミソジニストの組織でありたかった。エミリーは席を立ち、周囲を見回した。

「牧師は恥ずかしい。彼の言葉はイエスの言葉ではない。彼は説教壇を悪用して未亡人の悪口を言い、私は亡き夫を卑下する彼の言葉に異議を唱える。彼は無神論者でありながら、人に危害を加えたり、他人の悪口を言ったりすることはなかった。その聖職者が神を信じるなら、彼は神に答えなければならない」エミリーは穏やかにそう言うと、外に出て行った。

教会内はピンと静まり返った。会衆は信じられないという表情で司祭を見つめ、説教者は残された説教で何を言ったのか誰も理解できなかった。

日曜日の説教は、教区民の間に終わりのない議論、緊張、対立を生み、それは何カ月も続いた。それは、信者を 3 つの明確なグループに分けるものだった。彼らは司祭や司教を恐れ、司祭の呪い、洗礼の拒否、結婚式の拒否、教会墓地内への埋葬を恐れていた。教会が運営する学校、大学、病院、その他の施設に就職するためには、教区民が賄賂を支払わなくても、神父や司教の支援と推薦が必要だった。中立の立場を取る者もいた。説教中に女性を虐待することは問題ではなく、彼らは自己中心的だった。少数派は、日曜日の講演で神父が暴言を吐いたことに強く異議を唱えた。彼らはエミリーを明確に支持していたわけではなく、女性と死んだ夫に対する神父の不謹慎な言葉に異議を唱えていたのだ。そのような教区民は半ダースしかいなかったが、彼らは非常に声が大きかった。

半年後、エミリーは司教から、町の司教館で会いたいとメッセージを受け取った。クリエンの死後、エミリーは一度もこの町に行かなかった。彼女は、学校を1日休んだり、トーマ・クンジに一緒に行って授業を休んでもらったりしたくなかった。1ヵ月後、司教は教区司祭を通じてエミリーに不快感を伝えた。彼は、日曜日の説教で読むようにと司祭に手紙を送った。司教は書簡の中で、教区民は牧師の許可なしに教会内で発言してはならないと固く述べている。説教中や説教後に司祭と議論したり、反論したりすることは許されず、それを敢行する者がいれば、その者は破門の憂き目に遭うかもしれない。司教のメッセージは、信徒に対する確固とした厳しい警告だった。彼は、教区司祭が日曜日のスピーチでエミリーを虐待したことについて、都合よく黙っていた。

司教の手紙は牧師に新たな活力を与え、日曜日の礼拝中でさえ、誰であろうと虐待する許可を与えた。彼は自分の自由と力を喜び、それをエミリーに試す機会を切望していた。ゴシップを恐れて、公然と未亡人を支援する人が少ないことも知っていた。神父は主にトイレで何度もスピーチのリハーサルをした。エミリーの顔が何度も目の前に現れ、彼女のルックスと個人的な勇気に対する感謝の念が彼の胸を満たした。彼は意識的に彼女を抱きしめたり、愛し合ったりする性的な妄想を始めた。しかし、衝動を満たすことができない自分に落ち込むことも多く、エミリーは彼の精神的虐待の対象であり続けた。神父は、湧き上がるエロティックな欲望に圧倒され、苦悩と苛立ちと憎悪の地獄に突き落とされた。説教壇に近づくたびに、彼の目はエミリーを探して会衆をくまなく見回した。

エミリーは何週間も教会に出席しなかった。クリエンの２回目の命日である日曜日、エミリーは教会に行こうと思った。エミリーは頭を覆わなかった唯一の女性だった。彼女の決断は、押しつけられた価値観の拒否、パウロの教えへの反抗、そして女性に男性の奴隷であることを強いることに基づいていた。それはまた、女性を抑圧し、単なる性的対象として利用するよう説く教会、司教、神父に対する反乱でもあった。

私は世の光である。私に従う者は、決して暗闇の中を歩むことはなく、いのちの光を持つ。″そして司祭は、福音を無視して、パウロの手紙の第一朗読に基づく説教を始めた：「あなたがたのからだは、性行為のためにあるのではなく、主のためにあり、主はからだのためにあるのです。

司祭は少し立ち止まり、会衆に目をやり、具体的な表情を探った。中列にいたエミリーは、彼の言葉に熱心に耳を傾けていた。娼婦に身を寄せる者はみな、その肉体と一体となる。エミリーは、福音朗読はイエスが光であり、その光の中でイエスに従うという内容であったので、その特定の文脈ではこの箇所は無関係であると考えた。説教は売春についてだった。

長い沈黙があり、司祭は再びエミリーを見た。そして大声で言った：「私たちは、私たちの間で売春婦と一緒になることを拒否します。信者たちは唖然とし、互いに顔を見合わせた。

「あなたの体は聖霊の神殿です。彼は、教区民の顔を見て、彼らの感情の幅を確かめながら言った。「親愛なる皆さん、私たちの中にヴェーシャがいます。彼女は私たちの教区の汚点だ。ヴェーシャは我々と一緒にいるべきではない」。説教師は、マラヤーラム語で娼婦を意味する『ヴェーシャ』を強調した。

「ヴェーシャに教会から立ち去るよう命じる」と神父はエミリーを見ながら怒鳴った。

エミリーは体が震えるのを感じた。その神父は、日曜日のミサの最中に、教会内で教区民の前でエミリーを性犯罪で告発し、辱めた。

「私はヴェーシャではありません。あなたは私を誣告しているのです」エミリーは席を立ち、咆哮した。彼女の声は教会の壁の中に響き渡り、信徒たちは信じられない思いで彼女を見つめた。

そして、エミリーは教会から出て行った。彼女は泣かなかったが、心臓は破裂しそうだった。教会の前にある巨大な十字架の前で、エミリーはまるで孤独な先史時代のストーンヘンジのように、被害者の裸体をしばらく眺めていた。

「教会の中にいないのは、あなたと私だけ」と彼女はつぶやいた。

イエスは黙っていた。

「なぜ私たちは、憎しみと屈辱の地獄の中にいなければならないのですか？

「ここにいる方がいいんだよ、エミリー、ぶら下がるんだ」と、まるでイエスが誘っているかのように彼女は聞いた。

「一緒にいて、抱きしめているほうがいい。

道路には誰もいなかった。

トーマ・クンジは、カテキズムとカトリックの子供たちのための信仰形成クラスで教会に通う準備をしていた。カテキズムの授業では、主に新約聖書、三位一体の話、イエスの誕生と死、教会、信条、祈り、秘跡、道徳について学んだ。カテキズムの授業では、牧師が最終決定権を持っていた。

「どうしてママはこんなに早く帰ってきたの？

「ママ、どうしたの？具合が悪いのか？と彼は尋ねた。

「何もない」と彼女は言い、中に入った。

エミリーは人が変わってしまった。彼女は珍しく2週間学校を休んだ。ほとんどすべての教区民が出席している説教の最中に、教会内で侮辱されたことを消化することができず、解答のない謎を解こうとしているかのようだった。説教師は彼女をヴェーシャと呼んだ。どの言語でも最も不名誉な言葉であり、人格攻撃であり、残酷な冗談である。司祭は、未亡人であり、母親であり、教会員である女性の人格、行動、品格に疑問を呈した。エミリーは何日も一緒に泣きたかった。泣けば、神父が表現した憎しみが洗い流され、悲しみや傷が火山のように爆発するきっかけになるからだ。彼女は何度も泣き、叫び、叫び、牧師のしたことが彼の生涯を通して表現されたイエスの精神に反して間違っていることを伝えたいと切望した。

自尊心の低さはエミリーを抑圧し、誰からも必要とされていないような拒絶感をもたらした。憐れみを求めて街角をさまよう野良犬のような無価値感だった。彼女の心は、まるで放浪者のように、人生の目的もなく、あてもなく旅をしていた。彼女は頻繁に嘔吐しそうになり、食べることも飲むこともできなかった。目を大きく見開き、ひどい状況をつぶすように、底知れぬ峡谷に投げ込むように探りながら、彼女は虚空を見つめた。

彼女の存在、人間、感情、欲望、希望、家族、人生そのものを冒涜したのだ。その侮辱から生まれた不安が、彼女の心と体を傷つけた。彼女はトーマ・クンジにさえ話すのを拒んだ。トーマ・クンジはママを抱きしめ、ママを愛し、ママを気遣い、ママのためだけに生きていると告げた。エミリーは長い間黙って息子を見つめていた。しかし、彼女は無表情だった。

「モン、私はもう続けられない。

「何があったんだ？

「牧師が説教中に私を侮辱したんです。

「ママ、僕がついてるから、彼に謝ってもらうよ」と慰めようとした。

「全会衆の前で、彼は私をヴェーシャと呼んだ。自尊心や人間としての尊厳を破壊された」とエミリーは言う。

「ママ、私は牧師と対決して謝罪させるわ。彼は私たちの家に来て、あなたの許しを請わなければなりません。私が見るから、彼はやるだろう」とトーマ・クンジは言った。

「顔は見たくない」と彼女は答えた。

「それなら、日曜日に会衆に向かって遺憾の意を表明してもらうことにしよう」と彼は主張した。

トーマ・クンジは教会に向かって走った。

その神父は、もう一人の神父と一緒に、夕日を浴びながら自宅近くの地面をさっそうと歩いた。トーマ・クンジは勇気を振り絞り、日曜の説教で母親を侮辱したことは間違っており、日曜礼拝中に会衆に反省の意を表明すべきだと神父に告げた。司祭は彼を一笑に付し、トーマ・クンジはクリエンと結婚する前に生まれたので、彼の母親はヴェーシャだと告げた。トーマ・クンジは、彼の発言は虐待であり、女性の人格を攻撃するものだと言った。教区民の前で母親の生い立ちを読むことなど、彼には関係のないことだった。それに、母親から自分の出生について聞かされていた。司祭は怒って、トーマ・クンジは罪から生まれたのだと言い聞かせた。トーマ・クンジは司祭を少し見て、イエスの誕生についての福音書を読んでくれるように頼んだ。トーマ・クンジの話を聞いた司祭は激怒し、イエスの誕生は神秘であり、神が人類に与えた贈り物である、と言い返して怒鳴りつけた。イエスは神の子であり、聖霊によって生まれた。マリアはイエスの誕生の前後も処女であり続けた。

「それはあなたの信念であって、私の信念ではない」とトーマ・クンジは答えた。

*「ポダ・パッティ」*と司祭はトーマ・クンジに叫んだ。

トーマ・クンジは呪いであり、神は許しがたい冒涜のために彼を罰するだろう、と司祭は叫び続けた。

トーマ・クンジはジョージ・ムーケンのもとへ駆けつけ、母親に起きたこと、牧師との対決について話した。ジョージ・ムーケンによると、彼とパルヴァシーは前の日曜日、娘のアヌパマとバンガロールにいたため、教会には行かなかったという。

ジョージ・ムーケンはすぐに神父に会い、自分の行為は間違っており、謝罪する必要があると告げた。彼はイエスから学ぶために、司祭に山上の説教を復習した。神父はジョージ・ムーケンを一笑に付し、自分のことは気にするなと言った。ムーケンは聖職者に、愛と思いやりがクリスチャン生活の核となる価値観であることを思い出させたが、彼にはそれが欠けていた。

パルヴァシーとジョージ・ムーケンはエミリーに会いに行った。パールヴァシーは友人を抱きしめ、自分は1週間娘と離れていて、エミリーの苦難を知らないのだと告げた。彼女はエミリーを親友だと思っている。

パルヴァシーは毎日エミリーを訪ね、精神的、心理的なサポートとケアをしながら、長い時間を一緒に過ごした。パルヴァシーはエミリーの行動が一貫して社交的でないことに気づいた。彼女は他人と話すことをためらい、悩みを打ち明けることを恐れていた。

トーマ・クンジは、エミリーの持続的な気分の変化を観察した。母親らしくない無謀な行動、食生活の乱れ、急激な体重減少、長時間の沈黙が彼を心配させた。母親には、機敏な気分の変化、悲しみ、不安、怒り、自己憐憫の兆候が目立った。まぶたはかなり下がり、筋肉は弛緩し、頭は垂れ下がり、唇は下がり、頬と顎は下に沈み、胸は縮み、その姿は哀れだった。

エミリーは口角を下げ、何日も動かず、受け身のままだった。トーマ・クンジはパルヴァシーにこの問題を相談し、エミリーは侮辱されたという深い感情を克服するために、昔の自分を取り戻す心理療法が必要ではないかと提案した。トーマ・クンジの同意を得て、パルヴァシーはエミリーをバンガロールに連れて行き、1ヶ月間心理療法を受けさせようとした。

エミリーは何日も静かで、ココナッツの殻を剥くのに忙しかった。トーマ・クンジは、母親が珍しく黙っているのを不思議に思った。彼は彼女の中で何かが燃えていることに気づいたが、その火山の巨大さを理解できなかった。トーマ・クンジは母のそばに座り、説得した。エミリーは彼を見つめた。彼女の目は乾いていて、輝き、艶、輝き、オパール光沢を失っていた。

パールヴァシーは次の日曜日にエミリーとバンガロールに行く約束をした。彼女は、エミリーがいつもの落ち着きと性格を取り戻し、感情的、心理的、社会的な問題に立ち向かい、それを解消するために集中し、意志の力を高めることができるように、カウンセリングセンターの心理療法士たちに連絡を取っていた。その目的は、エミリーが精神的な潜在能力をフルに発揮できるように、心を強化し、意識を拡大することであり、感情的な満足と社会的な幸福をもたらすことだった。パルヴァシーは、エミリーが完全に回復するまで、セッションの間ずっと付き添っていた。

早朝、雨が降っていた。いつものように、六分儀は6時に鐘を鳴らし、日曜礼拝の準備をするために教会に着いた。十字架から長い白い布が垂れ下がっているのが見えた。彼は、尖塔の白いカーテンクロスが風で落ちたのではないかと思った。夜明けの亀裂はまだ暗い斑点で覆われていた。

「彼は息をのんだ。

それは、十字架に吊るされた女性が裸のイエスを抱きしめている姿だった。白いサリーは落ち、ブラウスは破れ、肩が露わになり、ほとんど裸同然だった。

六分儀は鐘楼に駆け寄り、鐘を鳴らし続けた。最初に到着したのは、近くの修道院の修道女たちだった。10 分も経たないうちに、近隣の人々が教会に駆け寄ってきた。そこに牧師が現れた。

誰かが警察署に向かって走り、他の者が携帯電話で警察に通報した。

深い静寂がしばらくの間、群衆に浸透していた。誰も目を疑った。そして次第に、ひそひそ話、噂話、大声でのおしゃべりが始まった。その人が誰なのか、名前を知りたいという好奇心があった。

やがて、ライトを点滅させながら警察のバンが現れた。警官の指示で、死体を十字架から降ろした。警官ははしごを使って登った。トーマ・クンジは、起き上がってもママの居場所がわからず、不安な気持ちで2人を見守っていた。彼は家中を探し回った。教会に向かって走りながら、彼は道で彼女を探した。十字架の上のサリーは母親のものだった。パールヴァシーはトーマ・クンジのそばに立ちながら、彼の腕を回した。

警官たちは死体を下ろし、十字架が立つ台の上に置いた。

「エミリーだ」と群衆の誰かが叫んだ。

「エミリー、エミリー、エミリー」。

トーマ・クンジが倒れた。ジョージ・ムーケンは彼を担いで車に乗せた。

検死後、遺体は3日目に戻された。トーマ・クンジはまだ 14 歳だったので、ジョージ・ムーケンは検死官事務所と警察署で書類にサインした。牧師は、自殺者の遺体を神聖な場所に埋葬することはできないという規則書を引き合いに出し、墓地に死者の墓を設けることを拒否した。

「牧師はジョージ・ムーケンに言った。

ジョージ・ムーケンは、もうこの世にいない未亡人に慈悲を与えてほしいと司祭に懇願した。ムーケンはその言葉の意味を理解した。彼は家に戻り、千ルピー札を5束持って、司祭の部屋で会った。夕方6時前、司祭はジョージ・ムーケンがエミリーをテンマディ・クジに埋葬することを許可した。

葬儀にはトーマ・クンジ、パルバティ、ジョージ・ムーケン、そして数人の農民が参列した。

死者のための祈りは捧げられなかった。六分儀が葬儀を監督した。遺体は黒い棺に入っていた。母の額にキスをした後、トーマ・クンジは黒い布で母の体を覆った。パールヴァシーは、バラ、ユリ、ジャスミンの花の束を黒い布の上に置き、静かに泣いた。

トーマ・クンジは泣くのを拒んだが、黙っていた。パルヴァシーとジョージ・ムーケンは、自分たちの家で寝泊まりするよう彼に頼んだ。パールヴァシーは彼を自分の息子として養子に迎える用意があったが、トーマ・クンジは彼が家に帰り、一人暮らしをし、家で食事を作ると主張した。翌日、彼はエミリーが何年もかけて集めたイエスの聖心、聖母マリア、すべての聖人、ロザリオ、大小さまざまな形の十字架の絵をすべて束ねて中庭で燃やした。彼は灰をビニール袋に入れて、豚小屋に併設された尿穴に捨てた。

トーマ・クンジは 14 歳で孤児になった。父親は 3 年前に亡くなったが、母親は何事もなかったかのように彼を気遣い、愛していた。クリアンは愛情深い父親で、トーマ・クンジはいつも彼の会社を愛していた。クリエンの死後、エミリーは経済的な問題を抱えていた。スイーパーとして学校から得ていた給料だけでは、家族を養うには不十分だった。ジョージ・ムーケンとパルヴァシーがクリエンの死に対して支払った補償金は、彼の学業のためにトーマ・クンジ名義の銀行に預けられた。

クリエンが生きていたとき、エミリーは息子の存在を毎日喜んでいた。クリエンは彼をトーマと呼び、エミリーはクンジ・モンと呼んだ。学生時代はトーマス・エミリー・クリエン。彼女は彼と遊び、踊り、歌を歌い、昔の話をした。

トーマ・クンジは一人で行く自信があった。彼女は彼にマラヤーラム語と英語のアルファベットを教えた。

エミリーは、息子が幼児の頃からおしゃべりだったことに気づいていた。彼は子供たちと遊び、子供時代を祝った。トーマ・クンジは、就寝時に母親が語る物語を彼らに聞かせた。散歩し、遊び、勉強し、一緒に食事をした。

そして、友人たちが彼の噂をし始めた。彼は次第に、生徒や教師、自分の悪口を言う人たちから距離を置くようになった。彼は学校で起こったことをすべて母親に話し、母親は彼を慰め、嫉妬しているのだからすべてを忘れるようにと頼んだ。

「良いものを見るために眼鏡をかけなさい」とママが言ったことがある。

トーマ・クンジは心のガラスを身につけ、良いことだけを見るために目を覆った。ママが死んで、トーマ・クンジは無防備になった。

絞首台へ向かう途中、看守はトーマ・クンジの頭に覆面をかぶせた。夜のように暗い黒いマスクだった。彼は目が見えなくなり、絞首台に向かって行進したが、この国が独立以来すでに 752 人の死刑囚を絞首刑にしていたことは知らなかった。ハンムラビやベンサムの子供たちの意識に、あと数十人が影響を与えることはないかもしれない。政治エリートや官僚たちは、声なき者、読み書きのできない者、拒絶された者を脅すために縄を必要とした。トーマ・クンジの首にかけられた輪は、若い教育相を守っていた。

トマ・クンジは、地区判事、研究者、刑務官など選ばれた少数の群衆の気配を感じた。首吊り縄のある絞首台を訪れることを禁じられ、見ることができなかったからだ。ママは埋葬される前に黒い布で覆われていたので、誰にも会えなかった。トーマ・クンジが 11 年間の獄中生活を終えて絞首台に連行されたとき、彼女は 22 年間墓の中にいた。

ギャローズ

絞首台は、首のない双子のヤシの木を横木でつないだような形をしていた。トーマ・クンジはその手ごわい接近を感じ取り、真っ暗闇の中で、どこに吊り下げられているのか、どれくらいの大きさなのか、その柱の真ん中に立って首に縄をかけられるのか、見分けることができた。アディルの割礼、ラザクの去勢、政府の女子寮での未成年の少女のレイプ、イエスの磔刑のような儀式だった。

絞首台は自由を否定するものであり、トマ・クンジは非自由から逃れることはできなかった。誕生からの自己決定、死からの脱出、誕生から死までの間の何百万もの出来事からの自律のように、足場からの出口は存在しなかった。人生は決定論の巨大な車輪の中で行われ、ガイドラインを破る自由がない広大な運動場でのフットボールの試合のようだった。ルール外のプレーをした者は、境界を越えて追い出された。

投獄は自由の対極にあるもので、選択の余地はない。捕虜生活は、ロストバージンに対する怒りのようなものだった。レイプに自由はなく、死からの解放もなかった。

死は究極の敗北だった。トーマ・クンジは死に逆らうことはできなかった。投獄は自分の人格の影のようなもので、悪質で、危険で、再発し、衰弱させる。

マラバルのモンスーンも自由ではなかった。雷が鳴り、稲妻が落ち、雨が降り、洪水が起こった。

絞首台にも自由はなかった。

自由は神話であり、両親は快楽のためにトーマ・クンジを作った。彼の実父は、彼を堕胎させると決めたとき、彼に尋ねなかった。母親には彼を救う自由がなかった。どうやって彼を守ればいいのか、出産にどこへ行けばいいのかもわからなかった。クリエンはエミリーを叔母の家まで運んだが、マリアムにはエミリーを拒絶する自由はなかった。カルナタカ州警察は、イノシシのように激しく殺す前に、クリエンの許可を得ずに彼を打ちのめした。トーマ・クンジは父を失った。父は、父でないにもかかわらず、彼を息子のように愛していた。ラザクはトマ・クンジにポンナニで人生を共に過ごしてほしいと願ったが、トマ・クンジにはポンナニに行く自由も絞首台を拒否する自由もなかった。ラザクは息子を欲しがっていたが、アキームはマシュラビーヤのアワーたちを守るために去勢した。イスラム教徒のラザックはアッラーを捨て、腐敗した教会を拒否したカトリック教徒のトーマ・クンジを採用したいと願い、神の絵を焼き、灰を豚の尿穴に埋めた。

エミリーは、裸のイエスに抱きついて十字架に吊るされることをトーマ・クンジに認めてもらったわけではない。しかし、彼女には十字架や木の枝を選ぶ自主性があった。トーマ・クンジは、母親を売春婦呼ばわりしたことでアプーの顔を殴り、学業を中断せざるを得なくなった。教区の司祭が日曜の家庭集会でエミリーをヴェーシャと呼んだことを、アプーは友人から聞いたのかもしれない。牧師は、説教の間、誰をつつくのも自由だと断言した。下校時、トーマ・クンジは他の学校に行くことができなかった。エミリーの死後、ジョージ・ムーケンとパルヴァシーは彼を養子として迎える用意ができていたにもかかわらず、彼は生活のために働かなければならなかった。しかし、トーマ・クンジは誰にも頼らないことを選んだ。彼は毎晩、父クリエンが家に持ち帰る匂いが好きだったので豚小屋を好み、トーマ・クンジはパパと呼ぶクリエンの豚臭さが大好きだった。

クリエンとエミリーの死後、トーマ・クンジは孤独な生活を送ることを決意し、ジョージ・ムーケンの養豚場で豚の去勢をすることが彼の特権となった。トーマ・クンジはジョージ・ムーケンにノーと言う自由はなく、漏れたパイプラインの修理のためにホステルに行くことを拒否した。ジョージ・ムーケンには、ホステルの所長にノーと言う余地はなかったし、ホステルの所長には、国交省に対して不利な決定を下すことができる権力者であるため、レイプや殺人の容疑から息子を救わないと言う自由はなかった。彼の息子は、いつか政治家として成功し、州の大臣になるであろう若者だった。ホステルの所長はトーマ・クンジを罠にかけ、国土交通省は喜び、彼の息子は歓喜した。その息子は 10 年も経たないうちに牧師となり、女子校や女子大を訪れて生徒たちに性犯罪者から身を守るよう助言した。

トーマ・クンジは、平穏な生活を送るために正当防衛は不可欠ではないと考えていたため、自分を守る自由はなかった。彼は、誰もが社会のすべての人を守る必要があり、誰かが未成年の少女をレイプして殺した罪を受け入れなければならないと感じていた。トーマ・クンジは、自分が犯罪を犯していないことを知っていたので黙っていた。トラの子を食べたウサギのように、彼は未成年の少女をレイプして殺害した罪で起訴されたが、ハイエナがトラの子を食べたことは知らなかった。トーマ・クンジは、エミリーやラザック、ジョージ・ムーケンの屠殺場の豚のように沈黙を守った。豚をギロチンにかけることはなかったが、豚の痛み、悲しみ、涙を感じることができ、時には豚を救うために自分もギロチンにかけようと考えた。彼は豚を去勢し、それを反省し、去勢の前に毎回、死刑執行人が死刑囚に許しを請うように、豚の許しを請うた。アキームがラザックを去勢したとき、アディルは大声で泣いた。アキームが片手にエジプト人の首、もう片方の手に剣を持ってラザークを探すと、マシュラビーヤの妾たちは泣きじゃくった。ハーレムの女性たちは、妾のためではなく、ラザクのために泣いた。

アキームはハーレムを運営しなければならず、自由がなかった。彼は性的快楽の奴隷となり、後宮内での掟を守る必要があった。ラザクのパダチョンは、敵の首を切り裂きながら戦った褒美として、楽園にいる忠実な信者のためにアワイス（72）を作った。アワイスは、セックスに飢えた信仰深い信者たちに希望と勇気を与えるというクダの約束を果たし、砂漠のオアシスに点在する、夜通し神と格闘した者の子供たちの小さな共同体を夜の闇の中に襲撃するよう彼らを鼓舞した。眠っていた男たちが予想もしなかったような素早い小競り合いで死んでいたなら、剣闘士たちはその報いとして楽園でアワビを受け取ったことだろう。72 時間は、失われた命に対する魅力的な補償だった。もし彼らが成功すれば、未亡人と略奪した富が彼らの賞品となり、楽園にたどり着いたときには、アワーレが手に入るはずだった。

慈悲深き御方は、地上では妾となり、楽園では娼婦となることを宣告された無力な女性たちの自由について、決して考えようとはされなかった。

トーマ・クンジは 11 年間の獄中生活で、自分の束縛を心配することはなかった。未成年の少女をレイプし殺害した罪で投獄され、処刑される可能性があることを受け入れなければならなかった。彼は絞首台のことを考えたが、それを見る機会はなかった。運命の囚人は、絞首台のある場所では仕事を与えられなかった。しかし、トーマ・クンジは、終身刑の囚人たちが絞首台について、2 本の巨大な直立ポールに取り付けられた巨大な死の梁だと説明しているのを耳にしたことがある。足場は死刑囚を絞首刑にすることに何の発言権も持たず、楽園で忠実な信者に性的快楽を提供することがアヘリスの義務であった。

刑務所の設立当初から、チーク材で作られた足場が使われ、そこに点数が吊るされていた。自由インドの初期には、絞首刑は犯罪者を抹殺する最も簡単な手段だった。耕作地を求めてトラバンコールからマラバールに移住した低所得者層は、飢えと貧困をなくし、子供たちに教育を施し、学校、教会、病院、コミュニティセンターを設立した。死刑制度が強化され、絞首刑が一般的になり、多くの罪のない人々が絞首台で命を落とした。誰も自分の物語を書くためにそこにいたわけではないし、死んだ男に興味を持つ人もいなかった。チーク材の絞首台はヴァラパッタナム橋と同じくらい頑丈で、死刑囚の首にかける縄はインドのマンチェスター、コインバトールから特別に取り寄せた。数年前、品質で知られる鉄鋼工場が鉄骨構造物を建てた。絞首台は、富裕層や権力者、政治家、裁判官、大臣、司祭、パンディット、マウルヴィス、実業家を保護した。

イギリス時代、犯罪者に慈悲はなかった。スコットランド、ウェールズ、イングランド、アイルランドから何百人もの半学歴のゴロツキがイギリスの行政サービス、特に警察と刑務所に入り、法律違反に対する冷酷な弾圧を奨励した。彼らは極寒の冬に暖炉を暖める強大な大英帝国を求めていた。それぞれの首吊りによって、東インド会社の株価は順調に上昇した。イギリス人にとって、刑事司法制度の中心理念は抑止と報復であった。アングロサクソンの法体系を学んだ弁護士や裁判官は、すぐにハムラビやジェレミー・ベンサムの弟子となり、絞首刑に並々ならぬ意欲を見せた。ベンガルの東インド会社の徴税人であったマハラジャ・ナンダクマールが処刑されて以来、何千人もの者が絞首刑になった。自由インドは喜んで英国の蛮行に従った。独立の年の9月9日、ジャバルプール中央刑務所で処刑されたラシャ・ラグラージ・シンは、自由インドで初めて絞首刑に処された。

トーマ・クンジは、まるで聖域のように、縄の神格のように、高い塀に守られた絞首台へと歩を進めた。死刑執行人はその司祭であり、刑務所の職員は礼拝者であり、地方判事は聖歌隊であり、チアリーダーは人間行動の心理学者や社会学者であった。

トーマ・クンジは、クロスバーに吊るされた縄が、死刑囚の体重に耐えられるような楕円形の頑丈なものであることを想像していた。人の受刑者に対し、同じ横梁から 2 本のループをかけることで、刑務所当局の作業負担を大幅に軽減した。重罪犯を絞首刑に処すには数カ月、時には数年の準備期間が必要で、高裁、最高裁、大統領への上訴に何年も費やされ、死刑は延期された。最終的な上訴が却下された後も、数カ月に及ぶ準備が続き、死刑執行人を確保するのは骨の折れる作業だった。

絞首台は、人間が人間の精神を抑圧するために発明した最も強力な道具だった。命を奪う力があり、横木に取り付けられた罠に人を死ぬまで吊るす道具だった。複数の罠が同時に作動したことは、司法、政府、刑務所の職員にとって幸いだった。政府は囚人を絞首刑にするために莫大な資金を使い、少なくとも必要総額の 10 倍以上の資金を投入した。

刑務所で重罪犯は働き、生計を立て、家族を養い、国の発展のために努力することができる。

自殺は人の選択であり、エミリーは自分の死を選んだ。

エミリーは十字架上で死んだ。

十字架上で死ぬことは、宗教的な栄光と霊的な約束があった。しかし、被害者はナザレのイエスのように絞首刑にされなければならなかった。エミリーは首を吊り、栄光と約束を失った。牧師は彼女を墓地に埋葬することを拒否し、ジョージ・ムーケンは牧師に泥の切れ端を賄賂として渡した。司祭は罪人のコーナーであるテンマディ・クジに埋葬を割り当て、エミリーは黒い布で埋葬された。白いシーツで覆われた者はそのまま天国に行き、黒いシーツで覆われた者は煉獄で清められるか、永遠の火の地獄に落ちる。ユダヤ教徒とキリスト教徒の神、ヤハウェは白を愛し、アッラーのアヘラーは白いアバヤを着ていた。どちらもルシファーやイブリスの色である黒を嫌っていた。アブラハムの息子たちは、天使の色である白、マラークとアヘリを大切にしていた。

黒いシーツで覆われたエミリーの遺体は、墓地の罪人のコーナーに埋葬された。

生まれたときから罪人だったわけではなく、エミリーはアディスアベバで英語と数学を教えていたティルヴァラ出身の教師夫婦の一人っ子だった。エリザベスとヤコブは子供を持つことを嫌っていたが、38 歳のとき、エリザベスは妊娠し、出産のためにティルヴァラのレイチェルの家にたどり着いた。エリザベトは子供が生まれて一日も経たないうちに、夫のもとへ帰るためにエチオピアに戻った。レイチェルは、エリザベスが赤ん坊を捨て、子供に会いに戻ってこないことを知っていた。

彼女の祖母はエミリーを育て、初日から女王英語を話すように教えた。エミリーが4歳のとき、レイチェルは彼女にマラヤーラム語と英語でアルファベットを書くことを教えた。エミリーは彼女を〞ママ〞と呼んだ。

数年間、レイチェルはバーミンガムで外科医をしていたが、軽い精神病性のパラノイアに悩まされ、ヴェロール医科大学で学んでいたときに知り合った夫のデヴィッドと日々衝突していた。イギリスの精神科医デイヴィッド博士は、結婚 10 年目でレイチェルと離婚し、売れないモデル兼俳優の白人女性マーガレットと結婚した。彼女は定期的にデイビッドのもとを訪れ、精神科の治療を受けていた。

一人娘のエリザベスを連れて、レイチェルはロンドンに移り住み、元夫とその新妻に対する卑劣な憎悪を秘めたまま、診療を続けた。彼女は暗闇を恐れ、離婚した夫と妻が光のない夜に自分の首を絞めるのではないかと思っていた。レイチェルは夜中に電気を消すことはなかった。幻覚が彼女の心を支配し、デビッドやマーガレット、その他の想像上の敵と格闘した。

ロンドンでは、レイチェルは診療で多くの富を築き、65歳のときにティルヴァラに移った。1年も経たないうちにエリザベスがやってきて、エミリーが生まれた。

エミリーは孤独な幼児だった。

彼女は祖母の叫び声や遠吠えを、特に日没後に聞いて育った。ママは、離婚した夫のデイビッド医師とイギリス人の妻マーガレットと毎晩けんかしていた。

レイチェルは旅行中、特にホテルやリゾート地で見知らぬ人に攻撃的な態度を示すことがあった。彼女は俳優やモデルが嫌いで、みんなデビッドに恋していると思っていた。衝動的な反応を示す彼女は、エミリーが一緒にいることを忘れて何日も飄々としていた。おばあちゃんは反社会的な行動をとることもあり、エミリーは極度の恐怖を感じていた。レイチェルは、ファッショナブルな服やジュエリーを身につけた上流社会の女性が大嫌いだった。しかし、レイチェルはエミリーに相談することなく、高価なドレスやダイヤモンドを買い与えた。レイチェルは毎日、寝室に置いてあるデビッド博士とその妻の巨大なゴム人形を執拗に攻撃した。相手の顔を蹴った後、レスラーのように相手の胸の上に座り、何度もパンチを浴びせた。

「デビッド、あなたなんか大嫌い」と彼女は叫んだ。

「私はあなたが嫌いだ、デビッド。あなたはあの女と結婚した。絶対に許さない」悲鳴はさらに大きくなった。

「精神科の治療が必要なのはお前だ、血まみれの愚か者」と罵声が続いた。

エミリーは自分の寝室を持っていたが、騒動と怒号の中、エミリーは恐怖に震えながら枕の下に隠れていた。好奇心旺盛なエミリーは、祖母が鍵のかかったドアを半ダースもチェックするのを見た。彼女は真夜中に起きて、中央のドアロックに異常がないか確認した。数時間おきに恐怖と怒りの強烈な不合理な持続的感情が彼女の中に現れ、虚構の批判に対して口論になり、防衛的になる。エミリーはしばしば部屋に閉じこもり、母親の前に姿を現さなかった。

レイチェルは元夫とその女優の妻を決して許さなかった。

日中、レイチェルはおしゃべりで、エミリーに絵本の一節を声に出して読んでくれるよう頼んだ。おばあちゃんはエミリーを励まし、発音を直してくれた。

レイチェルはエリート一家の女性として着飾り、ロンドンの最新のファッショントレンドを丹念に追いかけ、西洋料理を作り、英国貴族のように振る舞い、女王英語を話した。彼女は車を運転し、エミリーと一緒にコチ、アラプーザ、コッタヤム、ムンナール、トリバンドラム、カニャクマリを訪れ、最高のホテルに泊まった。

5 歳のとき、エミリーはコダイカナルの寄宿制の女子校に入れられた。他の生徒と話すのが怖くて、友達もいなかった。兄弟も両親もなく、ひとりで育ったエミリーは、誰を受け入れればいいのかわからなかった。エミリーは、パラノイア、統合失調症、精神のアンバランスに苦しむ年上の女性のもとで育った。先生たちは愛情を持って接してくれたが、エミリーは先生たちと距離を置いていた。祖母は毎月、クリスマスの前夜と真夏の休暇に学校を訪れた。彼女の洗練された振る舞いは学校の先生たちの間でいつも話題になり、レイチェルの訪問はエミリーが大学卒業まで続いた。

エミリーは勉強が得意だった。孤独だったにもかかわらず、彼女は説得力のある話し方をし、学校対抗や学校内の大会にも参加した。毎年、エミリーはクラスメートと研修旅行に出かけ、インド、ネパール、ブータン、スリランカの重要な観光地を訪れたが、誰とも交わることはなかった。

彼女は 9 歳のとき、クリスマス休暇にティルヴァラのおばあちゃんと一緒にいたときに初めて両親に会った。ある日の午後、エミリーは家の前で見知らぬ男女 2 人がタクシーから降りてくるのを見かけた。まるで新婚夫婦のように振る舞っていたからだ。レイチェルは比較的無関心だった。彼らはエミリーに話しかけることもなく、まるで彼女が存在しなかったかのように関心を示すこともなかった。

「エミリー、ご両親よ、エチオピアから来た野郎どもよ」レイチェルが居間から叫んだ。

長い沈黙が続いた。

「私の財産を手に入れたいのなら、私の死体越しにでも手に入れなさい」と、おばあちゃんは居間から怒鳴った。

エリザベスとジェイコブは 30 分もしないうちに出て行った。

「地獄に落ちろ。私はもう 75 歳だ。平和にさせてよ」とレイチェルが叫んだ。

ママは夕方まで叫び続け、興奮していた。彼女はデビッドとマーガレットの人形を蹴った。悲鳴と罵声が空気を満たし、キャロルをかき消した。

エミリーは孤独な子供だった。近所に友人もいなかった。

思春期になると、彼女の孤独感はさらに強まった。突然、顔にニキビの大群ができた。12 歳のとき、月経が始まった。エミリーはそれを知らなかったし、話す相手もいなかった。彼女の体の中で何か恐ろしいことが起こったという認識に伴う、繰り返される苦痛の感情が、彼女の感情と安らぎを押しつぶした。彼女のナイトドレスは血で濡れていた。なぜこんなことになったのか、自分はどうなるのか、どこに捨てればいいのか、彼女はそれを受け入れることができなかった。食堂や教室では他の生徒から隠れ、総会や教室に立つのを恐れていた。生理は6日間続き、精神的にも楽になったが、下腹部の痛みとともに羞恥心が頭をよぎった。吐き気、けいれん、膨満感が彼女を苛立たせ、特に乳房を苦しめた。乳首に灼熱感があり、何度も押した。エミリーは疲れ、弱り、だるさを感じていた。

気分の変化はエミリーを怒らせ、迷わせた。まるでトンネルの中を旅しているような、終わりがないような、反対側には入り口がないような不安がエミリーを圧迫し続けた。崖が険しすぎて危険だった。エミリーは怒り、心の中で先生や両親、おばあちゃん、そして全世界を怒鳴りつけた。

次の月経周期は4ヵ月後だった。エミリーは家で祖母と一緒にいたが、祖母はデビッドとマーガレットを何日も罵り続け、近寄りがたかった。エミリーは、生物学的、感情的な変化についてママに話す機会がなかった。3日目の朝食後、レイチェルは食堂の床に血のしずくが落ちているのを見た。エミリーにとって生まれて初めて、おばあちゃんが心配して彼女を抱きしめ、「女になったのよ」と言った。おばあちゃんはエミリーに、月経の神秘、毎月の生理、体を清潔に保つ必要性、ナプキンの使い方、生理に対処するために必要な精神的・心理的準備などについて、とてもわかりやすい言葉で説明してくれた。

それから数週間、毎日、おばあちゃんはエミリーに、卵巣で発育する卵子、受精していない卵子の拒絶反応、男性の睾丸で形成される精子、女性と男性の性交渉、その生物学的・心理学的な背景、性的関係の人間的な充足感、望まない妊娠を避ける方法などについて説明した。レイチェルは、少女と少年の間のセックスは罪ではない、決して人間の生命の尊厳を損なうものではなく、むしろ高めるものであるとの見解を示した。セクシュアル・ラポールには、社会心理学的な意味合いと、個人的、社会的な影響がある。婚前交渉は悪いことではないにもかかわらず、おばあちゃんは望まない妊娠を回避する方法を明確にエミリーに教え、少年が略奪的なセックスをするのを思いとどまらせた。ママにとって、セックスは自然な生物学的現象であり、人の感情的・心理的欲求や成長と相互に関係していた。エミリーは、男性との性的結合に慎重になる必要があった。

「宗教と神はセックスとは関係ない。宗教は社会的な構築物であり、神は神話である。どちらも捨てる。セックスは純粋に生物学的なものであり、心理的、感情的、社会的な結果を伴う。男性との付き合いは慎重にしなさい」おばあちゃんはエミリーを見ながら言った。

「ママ、あなたの言うことに従うわ」とエミリーは答えた。

「無理強いはしないわ、エミリー。

わかったわ、ママ」。

「もし神がいないなら、人間は自分の行動に責任がある」とレイチェルは言う。

おばあちゃんは初めてセックスと神について話した。生物学的な女性性と神からの自由の意味を理解させてくれた彼女に、エミリーは感謝の念を抱いた。

エミリーは 15 歳で、10 年生の授業を終えた後、トリバンドラムの学校で 2 年間の高等教育を受けた。この学校は男女共学で、エミリーにとって男子と交わる初めての機会だったが、彼女は彼らと友情を育むことに消極的だった。彼女は男の子と話す機会がなかった。おばあちゃんの家で、エミリーは孤独を感じていた。彼女の寄宿学校は女子校で、教師も事務職員もすべて女性だった。男の子に興味はあっても、交わった経験はない。エミリーは男の子の裸体を見る夢を見た。ペニスを見たい、ペニスに触れたい、ペニスを感じたい、ペニスがどんな動きをするのか知りたい、と思った。エミリーは何週間もそのことを考え、ボーイフレンドの性器を弄ぶ妄想をした。

彼女は繰り返し苦痛を感じ、子どものころに社会的・感情的ニーズが彼女の望むように満たされなかったと認識するようになった。彼女は孤独であること、男の子から離れていることを悲しんでいた。触ったり愛撫したりする男子がいないのは、クラスの男子が彼女にとって見知らぬ人たちであるため悲しかったが、彼らはハンサムで元気そうだった。しかし、男の子に付きまとわれる幻覚に怯え、性的衝動に常にストレスを感じ、男性との交際を考えて眠れない夜を過ごした。憂鬱と不安が彼女を苦しめた。

学校では、他の生徒や教師とのつながりが築けず、心の奥底にある思いを分かち合える親友がいなかった。

休日は家で、ボーイフレンドとの付き合いを反芻していた。ママは 80 歳を過ぎていたので、エミリーの変化を気にすることはできなかった。常に虚しさを感じながら、誰かに抱きしめてほしい、セックスしてほしい、面倒を見てほしいという憧れが隠れていた。彼女は隠遁することを選んだが、孤独であることに不満があり、友人のように自分を気遣ってくれ、世界中を旅行し、太陽の下で何でも語り合い、いつまでも親密な時間を過ごせるような、愛情深い男性がいればいいのにと思っていた。

性的衝動がトタン屋根の小屋に降る雨のように彼女の頭をたたいた。フォークとナイフを持ちながら握手するおばあちゃんとテーブルを共にするのは惨めだった。祖母を愛し、赤ん坊の自分を世話した祖母を憎み、生まれたらすぐに絞め殺したほうがよかったと、さまざまな感情がエミリーを苦しめた。

エミリーは、おばあちゃんが人形を叩いているのを見ているうちに怖くなった。デビッドとマーガレットは、老婆に何度も殴られて痛い思いをしたかもしれない。

エミリーにとって、彼女の中学は生徒で活気に満ちていたとはいえ、空っぽだった。弁論大会では、理路整然と、論理的に、説得力を持って話す彼女の能力を賞賛する聴衆で会場が溢れかえっていたにもかかわらず、彼女は誰も自分の話を聞いてくれないと思っていた。彼女は孤独を取り除くために話し始め、孤独を追い払うために賞を獲得した。

孤独の中で、エミリーは性に飢えているように感じた。時には衝動を抑えられず、考えざるを得なくなり、考えることが、性的欲求を解消してくれる友人を中心とした、さらなる孤独につながった。しかし、彼女の感情は現実の状況とはリンクしていなかった。というのも、その感情はしばしば浮雲のように儚く、目的もなく、無目的であったが、そこから逃れようとするように彼女の人生と結びついていたからだ。

他の生徒たちが友人たちと楽しく過ごしているのを妬ましく思うこともしばしばあった。対照的に、エミリーは他人との連携が不十分だったため、自分の感情や欲望を共有できる相手がいなかった。望まれず、愛されず、不安で、見捨てられ、自分の状況は終わらないと彼女は思っていた。しかし、それは自分を愛してくれる人がいなかったからであり、彼女はその愛に応えたいと思っていた。それは、ある親密な人たちの必要性を理解するための、思いやりと内蔵の深い理解だろう。

エミリーは所属したかったが、所属することを恐れていた。

彼女の感情は、心の底からの欲求を達成することに集中していた。彼女は、彼女と一緒にいて、彼女の中で呼吸し、彼女とともに感じ、限りない情熱的な喜びを生み出してくれる男性を探した。

両親から疎外されたエミリーは、父親のような、恋人のような、ボーイフレンドのような存在を探した。彼女の両親は話したこともない赤の他人で、親になるということがどういうことなのかさえ知らなかった。それが彼女の人生に埋めがたい溝を作り、それを埋められるのは男だけだった。父親という概念は、彼女の中の空虚さ、果てしない荒野、広大な暗闇の海、全体としての愛の空虚さを形作った。

彼女にとって父親は存在しなかった。

エミリーは父親の介護から排除され、しばしば自分を受け入れてくれる人を見つけたいという強い意欲を感じていた。

静寂が彼女を支配し、恐怖が彼女を包み込み、虚無と境界のない闇が彼女の心と精神を満たした。考えることも期待することもなく、誰か、男性への強い欲望に駆られる。行き場もなく、移動手段もなく、道もない。砂漠の蜃気楼のようだった。彼女は泣くことが嫌いで、悲しいと感じることが大嫌いだった。

高校を卒業すると、エミリーは卒業するためにエルナクラムの女子大学に入った。レイチェルは 84 歳で、経済的な負担をかけずに学業を終えるために、エミリーのために 20 ルピーの預金口座を開設した。

エミリーはホステルに滞在するようになり、月に一度、母親を訪ねた。歳をとってだいぶ穏やかになったが、相変わらず女王のように不機嫌で無口だった。

大学では、エミリーはパブリック・スピーキング・フォーラムのメンバーで、同フォーラムが主催するさまざまな催しの司会者としてゲストを招く役割を担っていた。ある催しで彼女は、法律と文学を簡潔に融合させることができるダイナミックな話し手である若い弁護士、モハンに依頼した。やがて、エミリーはモハンを気に入り、慕うようになり、彼のオフィスを訪れて長い議論を交わした。エミリーは急速に、男性の近さ、暖かさ、匂いという新しい世界に引き上げられ、それを崇拝し、思春期からの夢をかなえた。エミリーはモハンを慕っていた。彼のルックス、絶え間なく流れる言葉、一般的な知識、心配り、そしてエミリーへの尊敬。何度も夕方になると、彼女は彼の近くに座り、その男の活力、パワー、魔力に取り憑かれたように彼の目を見つめた。

週末には、エミリーとモハンは高知で最高のレストランを訪れ、長い時間一緒に過ごした。彼女の財布からは現金が溢れ、彼女はモハンにお金を払って満足し、彼を喜ばせ、興奮させ続けた。毎晩、彼は高価なウイスキーのボトルを選び、エミリーが喜んで代金を支払ってくれたことを嬉しく思った。初めて男性と親しく接したエミリーは、モハンのルックスや匂いを含め、その振る舞いのすべてが気に入った。彼女は彼を抱きしめたかった。エミリーにとって、男性と一緒にいること、彼を腕の中で抱きしめることは斬新なことだった。一体感という新しいアイデアの力が彼女の中で噴出した。

彼らは定期的にボートに乗り、アラプーザ、チャンガナセリー、クマラコムを旅した。モハンと過ごす時間は、エミリーにとって天国のような体験だった。

恍惚とした感情に言葉を失い、情熱が爆発し、腹の中で夢が踊っているのを感じた。

エミリーは冒険心を感じ、モハンを喜ばせるためなら何でもし、彼の反応や外見に興味津々だった。同居についての新しい考えで、彼女は数え切れないほどの話を彼にし、他の優先事項を忘れ、セックスを渇望し、モハンと裸でいることを精神的に楽しんだ。彼女の行動と相互作用における身体的・心理的反応のバスケットは、彼女を彼への依存と愛の営みへの強い欲求に追い込んだ。彼女は彼といるとき、彼に押しつぶされるのが好きだった。

彼女の心の中には、モハンに対する重大な関心が芽生え、最新のガジェットでモハンの生活を楽にしてあげたい、モハンが笑顔になるような高価な品物をプレゼントしてあげたいという願望で一瞬一瞬が満たされていった。彼の好き嫌いを優先して決断し、まるで妊娠したての女性が接合子を守るように、彼女は常に彼を自分の中に抱いていた。

彼女は、彼のオフィスで初めて会ったときのことを何度も思い出していた。圧倒的な経験で、彼の近くに立ち、肉体的、感情的な魅力と愛着が芽生えていった。初日でさえ、彼女は彼のヌードを見たがり、自分が明晰さ、一貫性を失ってしまったのではないかと一時疑った。

毎日毎日、エミリーは進化し、まったく新しい人間になり、感情的になり、肉体的な変化を感じていた。高い動悸や強迫観念を感じることもあった。彼女の反応は瞬時であったが、緊張に包まれていた。あまりに強く体験したため、喜びと不信感が相まって、突き刺さるような感覚を覚えた。心情や対応は堅実で、迅速に進んだため、判断力を失い、論理的な結果を欠いた狂った決断につながった。

モハンはヴェンバナド湖を見下ろす家に一人で住んでいたが、ある晩、エミリーを自分の家に連れて行った。小さな居間と小さなキッチンのある1ベッドルームのフラットで、エミリーはそこが居心地がよく、コンパクトで、憧れで大好きな男性と2人きりになれると思い、気に入っていた。モハンの裸の体、彼が抱きしめて、服を脱がせて、キスをするのが好きだった。すべての新鮮さが彼女を釘付けにし、性的結合によるわずかな痛みも愛おしい経験だった。翌日、エミリーはホステルからモハンの家に移った。

エミリーはモハンを愛していた。彼の魅力に魅了され、彼のあらゆる行動が気に入った。愛し合うことは、彼女の男女関係の概念を覆すものであり、エミリーは、自分を大切に思い、気にかけてくれるモハンのような友人がいることがどれほど幸運なことかを考えた。彼女は、モハンが与えてくれた天にも昇るような至福に、どう感謝したらいいのだろうと考えていた。

翌日、エミリーはモハンを車のショールームに連れて行き、親しみを感じる車を紹介した。モハンは嬉しそうに彼女を抱きしめ、唇にキスをした。二人はマイソール、バンガロール、ゴア、ウーティ、コダイカナル、チェンナイを定期的に旅行し、エミリーは愛するボーイフレンドのためならいくらでも喜んで使った。

彼女はママから、さらに 10 ルピーをプレゼントとして口座に預けたと聞いて感激し、エミリーはその嬉しい知らせをモハンに伝え、自分の必要な銀行を自由に使っていいと伝えた。

モハンは 2 ヶ月の長期休暇を取り、親密になって間もない頃、エミリーに一緒にいるのが好きだと伝えた。二人の別離の幸福感が収まった後、彼は法律事務所を始めることになる。エミリーは彼を抱きしめ、心配してくれた彼にキスをした。

モハンはエミリーと彼のために、ジャワ、バリ、クアラルンプール、バンコク、アンコールワット、サイゴンへの海外ツアーを計画した。訪問期間は 4 週間だった。

高知からママに知らせることなく、エミリーとモハンは直行便でクアラルンプールに向かい、4日間かけて著名な観光名所をほぼすべて回った。エミリーは、すべてが創意工夫に満ちているのが気に入った。バリでは素敵な日々を過ごし、エミリーは小さな子供のようにビーチでモハンと遊んだ。バンコクは彼女を魅了し、特にそのナイトライフに魅了された。最小限の服装で歩く何千人もの白人たちにエミリーは夢中になり、モハンに、自分たちがプライバシーを守って帰国するときは、あの観光客のようにならなければならないと言った。アンコールワットの壮大さに魅了され、サイゴンに魅了された。

エミリーはモハンの独占欲の強さが好きだった。

インドに戻ると、モハンの家に直行した。銀行口座をチェックしていたエミリーは、レイチェルがさらに5,000ドルを入金したことに歓喜した。すでに 18,000 ドルを使ったにもかかわらず、彼女の銀行の残高は17,000 ドルだった。

土曜日、彼女はママに会うために高知からティルヴァラ行きのバスに乗った。家に着くと、エミリーは別の家族が滞在しているのを見つけた。彼女の祖母は2週間前に亡くなり、エリザベスとジェイコブはこの家を現在の住人に売ったという。新しいオーナーはエミリーが家に入ることを許さなかった。

エミリーはモハンの家以外に行くところがなく、戻ってから一部始終を話した。モハンは何も言わなかった。家の中は何日も静寂に包まれていた。エミリーには内緒で、車で裁判所へ行き、練習を再開した。エミリーは大学に通い始めたが、戻ってきたときには家にひとりぼっちで、話し相手もいなかった。15 日も経たないうちに、彼女は不安を感じ、モハンに医者に同行してくれるよう頼んだ。しかし、モハンはその日、重要な案件があったため、一緒に行くことはできないと言った。

エミリーは一人で行った。

詳細な診断の後、主治医はエミリーが妊娠していることを告げた。エミリーはエクスタシーを経験した。今、すべてが変わり、新しい意味、色、責任が生まれた。モハンが戻ってくるのを待ち、夕方6時頃彼が到着するとすぐに、エミリーは笑顔で妊娠していることを告げた。彼女はモハンが彼女を抱きしめて、喜びのキスをすると思っていた。深い沈黙が家の隅々まで広がり、モハンに対する彼女の信頼は崩れ去った。

翌朝、モハンはエミリーに何も告げずにオフィスに向かった。エミリーが学期末の学費を振り込もうとすると、口座には5万ルピーしかなかった。夕方、彼女の銀行から 16.5 ルピーが消えたとモハンに告げると、彼は緊急の必要からその金を預かったのだと言い、エミリーの面倒をすべて見ると言った。

エミリーはモハンを信頼し、彼の言葉を信じていた。

エミリーが大学に向かったその朝、モハンは新しい南京錠で家に鍵をかけ、オフィスに向かった。エミリーが夕方6時に大学から戻ってくると、モハンは裁判所から戻っていなかった。正面玄関の鍵はモハンが持っていたので、彼女は待った。暗くなり、エミリーは 10 時過ぎまで外で待った。時半頃、モハンの車が家に着いた。彼がドアを開けて中に入ると、エミリーが彼に続いた。モハンはエミリーに居間で寝るように頼んだ。居間では快適に眠ることができなかった。

翌日、モハンはエミリーに中絶する必要があると告げ、中絶クリニックですべての手配を済ませた。エミリーは彼の言葉が信じられなかった。

「あなたはまだ 18 歳で、母親になるには若すぎる。

「でも、赤ちゃんは産みたいの。

「今は子供を持つ余裕はありません。

「あなたはいい練習をしているし、十分な収入を得ている」とエミリーは主張した。

「家を買うお金が必要なんだ。

エミリーは警戒した目でモハンを見た。

「この家はあなたのものだと言っていたでしょう」とエミリーは答えた。

「私を疑わないで」とモハンは叫び、その言葉に込められた脅威が彼女の耳に響き渡り、孤独と沈黙に重なった。

エミリーは怖くなり、恐怖と格闘した。モハンは人が変わったのか、本性を現し始めたのだ。

エミリーは黙っていた。しかし、彼女は動揺し、何としてでも子供を救いたかった。彼女はモハンから逃げようとした。預金残高はほとんどゼロで、生計を立てる可能性もなく、行くところもなく、親戚もいない。突然、世界が変わり、彼女は恐怖を感じた。

翌日、モハンは彼女に、2 日以内に新しい家に引っ越すから、その前に中絶が必要だと言った。エミリーは黙っていた。

「モハンは声を張り上げた。

「赤ちゃんを中絶したくないの」と彼女はつぶやいた。

「私の言うことに従え」と彼は叫び、彼女を2度平手打ちした。

鼻から血がにじみ出た。数秒間暗闇が続き、彼女は地面に落ちるような感覚を覚えた。その痛みは耐え難いものだった。誰かに殴られたのは初めてだった。水道の蛇口で顔を洗っているとき、エミリーは血の味を感じた。彼女はハンカチで鼻を覆ったが、そのハンカチは数分のうちに血ですっかり濡れてしまった。エミリーは大声で叫んだが、モハンは聞こえないふりをした。

耐え難い痛みと出血が彼女を不安にさせ、真実と格闘しているうちに、数分間意識を失った。

その日、エミリーは大学に行かず、モハンは裁判所に出かけた。

午後、体格のいい女性がエミリーに会いに来た。彼女はモハンの車を運転し、モハンがエミリーを新居に連れて行くよう頼んだとエミリーに告げた。エミリーは一抹の疑問を抱きながらも、彼女について行った。途中、2 人とも口をきかなかった。その女性は人通りの多い場所、つまり市場を車で走っていて、30 分後に渋滞が発生した。車はさらに 30 分ほど停車した。その女性は焦り、事故があったと言って車を降り、先に進めるかどうか確かめようと歩いていった。

エミリーは窓の外を見た。両側には何百もの店やその他の施設があった。住宅街ではなかったので、その女性が彼女を別の場所に連れて行ったのは確かだった。200 メートルほど先に、「ABORTION CLINIC」と書かれた赤い背景の大きなボードが見えた。エミリーは背筋をゾクゾクと震わせた。それは全身に広がり、幻想を打ち砕いた。彼女は深く考えずにドアを開け、群衆の中に消えていった。

ハンドバッグ以外、エミリーは何も持っていなかった。彼女は足早に歩き、昔の高知の面影を残すポケットロードに入った。彼女は1時間走り続け、すでに海辺にいた。何百人もの漁師たちが、道の両側の地面にしゃがんで魚を売っていた。その向こうには中国の大きな網があり、太陽は灼熱で湿った空気、海は不思議なほど穏やかだった。ココナッツオイルで揚げた魚の匂いが充満している。ドゥパッタで頭を覆いながら、彼女は早足で歩いた。

彼女はその地域に行ったことがなかった。

エミリーは群衆の中でひとりぼっちだった。野良猫のように孤独で、怖がりで臆病だった。鼻から血が滴り落ち続け、鼻を拭った指はわずかに血で濡れていた。中年の女性が魚を売っている道端に座っていた。めまいがして気分が悪くなり、動けないように長い間座っていた。何人かの客がいたが、女性は計量、洗浄、カット、梱包と忙しく、完全に仕事に没頭していた。娘は魚を種類、大きさ、色ごとに並べた。一人の客もいれば、小さなグループやカップルもいた。みんな忙しそうで、帰る場所や誰かを待っている人がいて、見ていて面白かった。徐々に客足が遠のき、長い間隔で1人か2人来たかと思うと、やがて誰も来なくなった。エミリーはその場に座り、仕事に没頭する幸せそうな母娘を見ていた。店はほとんど空っぽで、小魚が数切れ残っているだけだった。

「ママ、もうお客さんいないよ。

今、何時ですか？

「時半です」と少女は答えた。

漁師のおばさんたちが数人残っていたが、彼女たちもカゴの中のゴミを集め、売った魚を並べるビニールシートを畳んでいた。

「なぜここに座っているの？魚は買っていないの？

「買っていないわ」とエミリーが言った。

「では、なぜここにいるのですか？

エミリーはその女性を見た。彼女は 40 歳くらいで、がっしりとした体格をしており、膝までのゆったりとしたドレスを着ていた。目は大きく、黒く、鼻が高く、唇が大きい。話しながら、彼女の歯がはっきりと見えた。

「とエミリーは言った。

女性は数秒間エミリーを見つめ、エミリーの言葉と表情を見極めた。

「何があったんだ？鼻から血がにじんでいるのが見えますが」と女性は尋ねた。

「転んだの」とエミリーは答えた。

バスケットは無傷で、ビニールシートは折り畳まれ、ナイフは革の袋に丁寧に詰められ、安全に縛られていた。

「寝るところがないなら、どこで寝るの？彼女の声には不安があった。

「夜間はここにいないでください、危険ですから」と女性は言った。

エミリーは何も言わなかった。

「ママ、あの子も一緒に来させてあげて。彼女は私たちの家で寝ることができるわ。

女性はもう一度エミリーを見た。

「私たちと一緒に来てください」と女性は言った。

彼女はエミリーを立ち上がらせた。彼女の手は冷たかったが、その感触は温かく、しっかりしていた。少女は革のバッグを入れた籠を担いで歩き始めた。彼女は右手に２つのバケツを持ち、その中には売れ残った魚が入っていた。女性は折りたたんだビニールシートを頭にかぶった。

「バケツを貸して。私なら持てるわ」エミリーは少女に言った。

少女はエミリーを見た。

「毎日、やっているよ。学校が終わると、夕方 6 時ごろにここに来て、10 時半までママと一緒に座っているの。

「とエミリーは言った。

少女は魚の入ったバケツをエミリーに渡し、エミリーは家族の一員になったようないい気分になった。各シェルターには 10 軒の家があり、母娘は 5 軒目の小屋、2 軒目に泊まった。家は白く塗られ、清潔に保たれ、居間、寝室、台所、そして隅にトイレがあった。

女性の夫は寝たきりで、トラックの運転手をしていたが、モンスーンの時期、西ガーツ山脈を登っている最中にトラックが谷に転落したことがあった。脊髄を損傷し、8 年間も動けなかった。娘はまるで看護婦のように父親の世話をした。その女性は夫に対して思いやりがあり、愛情深かった。

女性はエミリーにバスルームを案内した。エミリーは服を洗い、ぬるま湯の風呂に入り、少女からもらったナイティを着た。夜中の 12 時ごろには、温かいご飯と魚のフライ、野菜で夕食を共にした。エミリーは居間の床に敷いたマットレスに綿のシーツをかけて寝ていた。夜は寒く、彼女は薄い毛布で体を覆った。エミリーはよく眠った。朝 6 時頃に起きると、女性は台所で忙しく、少女は勉強していた。7 時までに、彼らはプットゥ、カダラカレー、バナナ、フィルターコーヒーで朝食をとった。その女性はエミリーに、朝の8時には海辺に行って魚を買い、訪問販売に行き、午後の1時には戻って食事を作り、夫に食べさせ、3 時にはまた魚を買って魚屋に行き、夜の 10 時半まで売るのだと言った。少女は 9 時頃に学校へ行き、夕方の4時には帰ってくる。彼女は6時から母親の手伝いをすることになる。

その女性は、白い紙で覆われた紙製の弁当箱に 2 つの食品パックを用意していた。

「お腹が空くかもしれませんから、お好きなときにお召し上がりください。

「本当にありがとう。なんて言っていいかわからないわ」とエミリー。

「バッグの中に 50 ルピー入れてありますから、バス代以外に2日分の費用になりますよ」と、女性は小さなショルダーバッグに着替えと水2本を入れて渡した。

エミリーは泣いた。彼女の心は感謝で満たされていた。

「さようなら」と少女は言った。

「楽しんできてください。

エミリーは歩きながら、53 キロ離れたアラプーザに行こうと考えた。彼女は市内でバスに乗りたくなかったので、南へ向かう小型トラックに乗った。1 時間もしないうちに、彼女は生きたアヒルを市内に持ち帰るため、クッタナド・ビザ・アラプッザ行きの別のトラックを手に入れた。運転手の隣の席が空いていたので、料金を取らずにエミリーに譲った。1 時間もしないうちにアラプッザに到着し、エミリーは 10～15 キロ先のアヒル農場に行こうと考えた。

クッタナドには何百人ものアヒル農家がいた。エミリーは運転手と一緒に 6 つのアヒル小屋を見に行き、そこで 400 羽のアヒルを購入した。その農家は 1500 羽以上のアヒルと 500 羽ほどの子アヒルを飼っていた。エミリーは彼に仕事を紹介してもらえないかと尋ねた。

農夫とその妻、そして 2 人の子供たちは合鴨農法に積極的で、2 人の専従作業員が日中、合鴨をあちこちの水田に運んでいた。卵が孵化し、子ガモが生まれると、12 ヵ月間、水田を転々とした。多くのアヒルが畑に卵を産み、労働者たちはそれを籠に集めていた。夕方、彼らはアヒルと一緒に卵を庭に持ち帰った。庭にはアヒルが卵を産んでいた。12 ヶ月を過ぎたアヒルは食肉として売られていた。

妻に相談したところ、農夫はエミリーに月給 500 ルピーで仕事を斡旋し、アヒル置き場に併設された小屋に住まわせた。小屋には部屋と調理台、小さなトイレがあった。エミリーは喜んでその仕事を引き受け、卵を卵箱に詰め、その農場の名前を入れて封をするのが仕事だった。毎日、750～800 個の卵があった。エミリーは、さまざまな機関に売った卵や生きた鳥、受け取ったお金、支払った給料、購入した飼料、その他の経費に関する帳簿を管理しなければならなかった。

クッタナドの水田農家はアヒルの養殖を奨励した。アヒルはねぐらとなる場所を必要としなかったが、水田に隣接し、家の近くにあるアヒル置き場と呼ばれる囲われた場所で、捕食者から守られて飼育されていた。エミリーはこの仕事が気に入り、一日中忙しくしていた。農家の奥さんは気さくな人で、エミリーにはほとんど毎日、アヒルのカレーや魚のフライ、さまざまな米料理などを作ってくれた。エミリーが妊娠していることがわかると、彼女は定期的に婦人科医に連れて行き、診察と医療支援を受けた。

エミリーが農夫の家で7ヶ月を過ごしたとき、突然、鳥インフルエンザがクッタナドに蔓延した。瞬く間に広がり、毎日何千羽ものアヒルが死んだ。政府はボランティアを派遣し、被害地域の鳥を淘汰した。エミリーの農場では、実質的にすべてのアヒルが3日以内に淘汰され、その死骸は野原で焼かれた。やがてエミリーは職を失い、農夫は数百万ルピーを失った。農夫の妻はエミリーに、彼女の家に泊まっていい、出産にかかる費用はすべて負担すると言った。しかし、エミリーは彼らに負担をかけたくなかったようで、翌日は早々に別れた。

クッタナドのバックウォーター周辺には多くの屋形船やレストランがあり、海外やインドのさまざまな州から何百人もの観光客が訪れていた。妊娠中だったため、多くの屋形船やレストランが彼女の求職を拒否した。エミリーは、夕方まで仕事を探して道をさまよっていた。暗くなった頃、彼女はヤシの葉で葺いた道端のレストランを見つけた。二人ともベンガル人だった。彼らは2人の幼児を抱えていた。エミリーは、道具の洗浄や清掃も含めて、お客にお茶や食べ物を出す仕事を一緒にできないかと頼んだ。その夫婦は親切で、彼女に仕事を提供する用意があり、そこで食べて寝ることができると言った。

客のほとんどはベンガル、オディシャ、アッサムからの労働者で、朝食、昼食、夕食を食べに来ていた。ご飯、様々な魚料理、様々な種類のお菓子、お茶が主なメニューだった。エミリーの仕事は、その女性が作った料理を出すことだった。彼女の夫はレストランを掃除し、調理器具を洗い、仕入れをした。エミリーは夫婦と一緒に食事をし、床で寝た。雇い主は彼女を尊重し、気遣う。

そして警察隊がやってきた。彼らは冷酷だった。レストランは道路脇のポロンポックという国有地に建てられていたため、警察は 10 分もしないうちに小屋を解体し、燃やした。何も残っておらず、調理器具さえも破壊されていた。ベンガル人夫婦はすべてを失い、子供たちは道路に立って泣いていた。

その女性はエミリーを抱きしめて涙を流し、2 カ月分の仕事代として 500 ルピーを渡した。

エミリーはコッタヤムまで 15 キロほど歩いた。彼女は財布の中に 950 ルピーを持っており、そこの産科病院に入院しようと考えた。車に乗っていた女性がエミリーにどこへ行くのかと尋ねると、近くに産科病院がいくつかあるのを知っていたので、コッタヤムのジュビリー・パークに行くと答えた。女性は彼女が車に乗るのを手伝い、15 分以内にジュビリー・パークに到着した。車から降りたとき、エミリーは疲れを感じた。彼女は公園を散歩し、ベンチに何時間も座っていた。色黒で背の低い男、クリエンが彼女の前に立ったとき、彼女は誰かが自分を助けてくれると思った。クリエンの心は共感に満ちていた。カルナタカ警察がクリエンを暴行し殺害したとき、彼らはエミリーとトーマ・クンジを愛する活気あるハブを見ることができなかった。顔、胸、腹を殴られるたびに、彼らはエミリーのために絞首台を作り、彼女の足場はアヤンクヌの教会の前に立つ十字架だった。トーマ・クンジは、彼女が 2000 年前にエルサレム郊外で亡くなった裸のイエスの上にぶら下がっているのを見た。クリエンは森の中のマッコータム近くのマイソール・カヌール高速道路で死んだ。

トーマ・クンジの絞首台は独立したインドに建設され、声なき殺人犯は絞首刑に処されたが、声の大きい者は政治家や大臣になった。絞首台はハムラビ、ベンサム、モハンの名の下にそこに立っていた。トーマ・クンジは、終身刑の囚人たちがそのことについて話しているのを耳にして知っていた。ジョージ・ムーケンの豚の屠殺場のギロチンのように、政府は市民に対して絞首台を使用した。しかし、絞首台では人間が豚だった。

ザ・ノーズ

オデュッセウスと息子のテレマコスは、オデュッセウスの不在中に使用人たちがオデュッセウスに不誠実であると考え、12 人の女中たちを絞首台に吊るした。第 9 回目の授業で、先生はオデュッセイアの一節を説明した。

「オデュッセイアの作者は誰で、どの言語で書いたのですか？

「オデッセイの作者はホメロスで、ギリシャ語で書いています」とアンビカは答えた。

オデッセイはどんな文学ですか？質問はアプに向けられた。

アプは周囲を見回したが、答えはなかった。教師は質問を繰り返し、トーマ・クンジに答えるよう求めた。

「これは叙事詩なんだ。

オデッセイの中心テーマが何であったか、誰が言えるだろうか？皆を見て、先生が質問した。

「トーマ・クンジが右手を上げると、教師は彼が話すことを許可した。

「オデッセイには 3 つの主要なテーマがあります。ホスピタリティ、忠誠心、復讐心です」とトーマ・クンジは説明する。

「よく答えましたね。どこで習ったのですか？

「母は私に、マハーバーラタ、ラーマーヤナ、オデュッセイア、シラッパティカラム、ギルガメシュ叙事詩、失楽園など、多くの叙事詩の物語を聞かせてくれた。彼女は話上手で、私は彼女から多くのことを学びました」とトーマ・クンジは語った。

先生も他の生徒も黙って彼の話を聞いていた。彼らはエミリーが１年前に亡くなったことを知っており、トーマ・クンジは落ち込みながらも勉強を続けていた。週末や休日はジョージ・ムーケンの豚小屋で働いていたが、ジョージ・ムーケンとパルヴァシーは彼を養子に迎える用意があると表明した。しかし、トーマ・クンジは自立して生活し、生計を立てるために働くことを主張した。

エミリーはイサカの王、オデュッセウスの物語を語った。叙事詩には、トロイア戦争後に故郷に帰ろうと奮闘する姿や、妻ペネロペと息子テレマコスと再会したときの勇姿が繰り返し描かれている。ホメロスは運命、神々、自由意志の概念に影響を受けた。人間には自由意志が与えられており、自分の行動には責任があるというのが叙事詩の中心的な哲学だった。自由意志という概念は、人間の自由に関する西洋の考え方に影響を与えたギリシャ思想の中心的な柱である。宗教、哲学、文学、法律、政治は自由意志に基づいて発展し、繁栄した。そのほかにも、信心、習慣、正義、記憶、悲しみ、栄光、名誉など、いくつかの明確な力が人間の人生を形作っているが、それらは自由意志に従属するものだった。エミリーの話を聞くのはとても楽しく、トーマ・クンジは彼女のそばに座り、彼女の言葉に夢中になっていた。

「私たちは自分の行動にかなりの程度責任を負っていますが、完全ではありません」とエミリー。

「なぜ私たちに責任がないのか？トーマ・クンジが質問を投げかけた。

「私たちは自然と育ちの産物だ。私たちの内側にあるもの、私たちの周りにあるものが私たちを形成している。人生のある側面では、私たちは創造主なのだから、その行動を変え、責任を持つことができるのです」とエミリーは詳しく語った。

トーマ・クンジの意見は違った。

自由意志は矛盾していた。もし人間が自由であれば、自由であることが決定され、自由になることはできない。もし人間が自由でなければ、自由でないに決まっている。人間はジョージ・ムーケンの豚小屋の家畜のようなもので、生まれてくることを望まず、去勢されることにも興味を示さず、ギロチンにかけられることも望まなかった。世界は神が創造した巨大な屠殺場であり、人間は天国に入るために去勢される子豚だった。神は天と地を創造されたが、それはトーマ・クンジにとって謎であった。神は人間を天国や地獄に突き落とす前に、地上で人間を試すことを自制すべきだった。トーマ・クンジは家で一人、そのことを考えて静かに笑った。

「天国と地獄を信じますか？学校へ向かう途中、トーマ・クンジは親友のアンビカに尋ねた。

いいえ」とアンビカは言った。

「どうして？とトーマ・クンジは質問した。

「父は私に、すべての宗教は歴史的事実ではなく、偽りの物語に基づいていると言った。オデュッセイアのように、それぞれの宗教は作家や創始者の想像力から発展したのだ。

「では、何が偽物ではないのか？とトーマ・クンジは尋ねた。

「父にとって、共産主義だけが偽りではない。恵まれない人々、虐げられた人々、労働者の声なのだ」。アンビカは答えた。

「お父さんの言葉は信用できますか？

「アンビカは確信を持って言った。

トーマ・クンジはアンビカに、なぜ父親とその友人たちが政敵の家を襲撃し、手斧で切り刻んだり、国産の爆弾を投げつけたりするのか聞きたかった。アンビカの父親が活動していた青年団による殺人がケララ州全土で多発し、他の青年団も報復したり、時には暴力を振るったりした。しかし、トーマ・クンジはアンビカを傷つけたくなかったので、アンビカには尋ねなかった。

アンビカの父親はカヌールの主要な党員で、彼と彼のボスのために何でもする部下を何百人も抱えていた。彼の仲間の多くは、アジテーション、抗議活動、公共物の焼却、暴力、殺人に常に忙殺されていたため、仕事がなかった。小規模産業、教育機関、他の政党の青年部などが彼らの標的だった。彼らの努力により、ケーララ州では多くの産業が閉鎖され、アンビカの父親とその信奉者たちは酒とタンドリーチキンで勝利を祝った。失業や不完全雇用は、幻滅した若者を仲間に引き入れるために必要なことだった。彼らは声高に反米を訴え、密かにグリーンカードを何としてでも手に入れようとした。彼らのエリートたちは、ビジネスや専門的な治療のためにしばしばアラブ首長国連邦やヨーロッパ諸国、アメリカを訪れていた。麻薬、金、贅沢品の密輸に耽る者もいた。

トマ・クンジでは、現金や食料品を集めるためにバケツを持って家々をさまよう若者たちを何人も見かけた。夕方にはバケツがいっぱいになった。お金を出すことを強制されることはなかったが、支払いを渋る者たちは、若い旅団の腕ずく戦術を経験した。

アミカは通学路を一緒に歩きながら、トーマ・クンジと父親についていろいろな話をした。彼女は彼を信頼し、愛していた。トーマ・クンジがアプーを殴ったとき、アンビカは教室にいた。

トーマ・クンジはアプーの顔を殴り、歯が倒れた。トーマ・クンジが誰かと乱暴になったのはそれが最初で最後だった。彼は自分自身をコントロールすることができなかった。トーマ・クンジは品行方正な若者で、暴力的な過去はない。誰もアプーの口の悪さを気にしなかった。

「君のお母さんはヴェーシャだった。彼はトーマ・クンジを羨ましく思っていた。彼は優秀な生徒で、授業中の質問にもほとんど答え、英語も割と話せたからだ。アプーを奮い立たせたのは、トーマ・クンジが教師からの質問に答え、母親がさまざまな叙事詩の物語を説明したと言ったことだった。アプーは嫉妬に燃えていた。全生徒、特に女子の前でトーマ・クンジに恥をかかせようと決意していた。アプーはトーマ・クンジがアンビカに特別な愛情を抱いていることを知っており、彼女の前でトーマ・クンジを憮然とさせる機会を狙っていた。トーマ・クンジの死んだ母親の悪口を言うのが一番だった。アプーは友人から、牧師が日曜の説教で彼女をヴェーシャと呼んだと聞いていた。アプーにとって、それはトーマ・クンジを軽蔑するのに最もふさわしい言葉だった。

トーマ・クンジはアプーよりも背が高く、筋肉質でがっしりしていた。クリエンは背が低く、アプーはすでに、なぜトーマ・クンジの父親は彼に似ていないのかと疑問を呈していた。彼は大声で笑った。トーマ・クンジはそれを嫌ったが、アプーに悪意はなかった。

「トーマ・クンジ、傲慢になるな。お前の父親と母親のことは誰でも知っている。アンビカでさえ、君の母親がヴェーシャであることを知っていたんだ」 アプは唸り、クラス全員がトーマ・クンジを見た。彼は両親、特に母親の悪口を言う者が嫌いだった。彼女は黄金の心を持つ善良な女性で、言葉では言い表せないほど彼を愛していた。勇気の象徴として、彼女は社会の悪、彼女を騙し、彼女を傷つける者たちと戦った。トーマ・クンジの目は怒りに燃えていた。トーマ・クンジは両手を拳の形にし、力いっぱいアプーの顔を殴った。

アプーは意識を失い、すぐに教師たちによって一次医療センターに運ばれた。その日のうちに、父親は警察署にトーマ・クンジ、クラス担任、校長を告訴した。アプーは1日で病院に移され、2 週間入院した。歯や歯肉、唇を矯正する手術も受けた。

校長は唸り、目を見開いた。トーマ・クンジが彼のキャビンにいたのは初めてのことだった。母親を売春婦呼ばわりすることは悪いことではなく、何の影響もないかのように。トーマ・クンジは、教師たちの反応が読めるので、目を合わせなかった。クラスには担任の先生もいて、授業やテストでのトーマ・クンジの成績をよく評価していた。しかし、クラス担任も黙っていた。

「なぜアプーを殴ったのか」と校長は怒鳴った。

アプーは死んだ母親を虐待し、売春婦と呼んだ。アプーは裕福な家庭の出身で、彼の福祉を監督する両親がいた。しかし、トーマ・クンジは孤児で、パルヴァシーとジョージ・ムーケン以外に誰もいなかった。親がいる者は強い。トーマ・クンジはそれをよく知っていた。アヤンクヌの森にいるトラの子供でさえ、孤児としての生活を送ることはできなかった。彼は、クシャルナガラ近くのドゥバレ・エレファント・キャンプで、母親のいない生後6ヶ月ほどの子ゾウを見たことがある。それは孤独で無力で、まるでバラプーザの洪水で泳ぐことを知らない人間のようだった。聡明であることや、クラステストで高得点を取ることだけでは不十分で、必要なのは両親のサポートと保護だった。トマ・クンジは孤独で、パイ犬かギロチンにかけられた豚のようだった。

「自分を守ろうとするな」と校長は叫んだ。

トーマ・クンジは彼を見た。右手には杖を持っていた。

背中と尻に次々と打撃が加えられた。誰かが初めてトーマ・クンジに杖をついた。慈悲を懇願する教師もいなければ、彼の痛みを気遣う者もいなかった。半ダースの大の大人が、大声を張り上げて咆哮していた。

トーマ・クンジは、鞭打ちに反応する教師がいないことに傷ついた。

「私を負かさないで」とトーマ・クンジは懇願した。

突然、静寂が訪れた。雷が鳴った後の静けさのようだった。

「何て言った？校長に命令するとは何事だ！」クラス担任が悲鳴を上げた。

クラス担任はトーマ・クンジの肩と胸に鞭打ちを続けた。

「自分を守らないで。おまえのやったことは重大な犯罪だ」クラス担任はトーマ・クンジを殴りながら叫んだ。

「自衛するな、自衛するな、自衛するな」トマ・クンジはその響きを何千回も聞いた。校舎の壁が周期的に反響した。

「やめてくれ！」。パールヴァシーは泣きながら小屋の中に駆け込んだ。命令だった。

教師たちは信じられないという表情で彼女を見つめ、完全に沈黙した。

「なんて薄情なんだ。この残酷な男たちは、狂犬のように子供を殴る。彼は悪いことをしたが、だからといって犯罪組織を結成して彼を打ちのめしていいということにはならない。あなたには彼の皮を無残に剥ぐ権利はない。孤児だからといって、殺していいということにはならない」。パールヴァシーの言葉は、かつてない勢いでサヒャドリの大地にぶつかり、木々を根こそぎ倒し、岩を揺るがす風のようだった。

パールヴァシーはトーマ・クンジをジープに乗せ、走り去った。

その日のうちに、少年裁判所の判事がトーマ・クンジの身柄を拘束した。すぐにジョージ・ムーケンとパルヴァシーが裁判所に到着し、彼の善行を保証した。判事はトーマ・クンジをジョージ・ムーケンとパルヴァシーの保護下に釈放した。

トーマ・クンジは1ヶ月間寝たきりだった。パールヴァティーは昼も夜も彼のそばにいて、食事を作り、食事を与え、世話をした。彼女は毎日訪問する医師と、彼の世話をする訪問看護師を手配した。

1ヵ月も経たないうちに、トーマ・クンジは学校から連絡を受け、彼を退学処分にした。すぐにジョージ・ムーケンは学校に駆けつけたが、校長は固辞した。ジョージ・ムーケンは、トーマ・クンジに他校への転校許可を与えるよう校長に懇願したが、校長は彼の訴えを拒否した。

エンジニアになるのが夢だった彼は、何日も泣き続けた。教育を受けず、知識を身につけず、専門職の学位を取得しない人生を想像するのは容易ではなかった。それは、何日もアヤンクヌを覆い、丘を取り囲み、ココナッツやゴムの木々に広がる霧のようだった。トーマ・クンジは去勢される子豚のように泣きながら、最悪の運命が自分に降りかかったことを信じなかった。彼は、自分を嘲笑おうとする巨大な生き物と戦う悪夢を見た。自分の行動の責任に思い悩み、自分を恥じて眠れぬ夜を過ごした。まるで、図々しく、むしろ邪悪で、何の見返りもないことをしたかのような屈辱感が彼を襲った。逃げ場はなく、人生の重荷はすべてを覆い尽くし、圧迫し、巨大なものであった。

トーマ・クンジは希望が持てず、行き詰まりを感じ、自分の運命に怯えるようになった。彼は自分の行動を擁護しようと考えたが、クラス担任の言葉は、ココナッツの木さえ根こそぎにするサイクロンの前兆である雹の嵐のように彼を打ちのめした。時には、アプーを殴ったことへの後悔が何日も彼を支配し、トーマ・クンジは何度も自分の顔を殴った。そして、″どんな代償を払っても、自分は絶対に自分を守らない″と叫んだ。それは誓いであり、母エミリーの名において捧げられた誓いである。

憂鬱が彼の思考にしわを寄せた。

男は自分を守るためではなく、他人のためにあった。しかし、彼は他人の利己主義の泥沼に迷い込んでしまう。人間は利己的で、自分を守ろうとした。トーマ・クンジは自分の感情を意識していた。胸の奥で常に何かが燃えている。彼は、自分の身を守らないという決断が賢明なものであったか、合理的な選択であったかを考えていた。彼の失敗や苦悩の再現、反響だったのだろうか？自分の決断に対する絶え間ない不安は、彼を千々に砕いた。全身に筋肉の緊張を感じ、歩くのも、何をするのも、食事や横になることさえも困難になった。パールヴァシーは、日課に集中し、人生で起こった悲劇的な出来事から心を解放するよう彼に求めた。トーマ・クンジはパールヴァシーを長い間見つめていたが、不安や心配を表現する言葉がなく、彼の心は時に非論理的だった。トーマ・クンジはパールヴァシーのそばで子供のように泣いた。彼はエミリーを思い浮かべ、彼女の存在を体験した。彼にとってパールヴァシーは母親へと進化していた。

トーマ・クンジがうつ状態から立ち直るのに半年ほどかかったが、自分を取り戻せたのはパールヴァシーのおかげだと理解していた。トーマ・クンジは新しい男に成長し、パルヴァシーとジョージ・ムーケンに彼らの豚小屋で働きたいという希望を伝えた。やがてトーマ・クンジは仕事を覚え、毎月 20 頭から 25 頭の子豚を去勢する技術を学んだ。それ以外の時間は、ジョージ・ムーケンのもとで配管工、電気技師、会計士として働いた。

トーマ・クンジはエミリーとクリエンが建てた家を改築した。居間には、父親が亡くなる直前、彼が 10 歳くらいのときに両親と一緒に座っている大きな写真が飾られていた。眠りにつく前、彼は熱心に彼らに話しかけ、その日起こったことを話し、ひとつひとつの出来事を説明した。その会話は 1 時間も続いた。

パルヴァシーとジョージ・ムーケンとの仕事は楽しく、毎晩、トーマ・クンジは翌日彼らに会うのを楽しみにしていた。オナムやクリスマスのようなお祭りの日以外は、彼らが毎日食事をすると言っても、彼は一緒に食事をしないことにしていた。彼は独立し、自由と沈黙を体験したかったのだ。

トーマ・クンジは、彼らが彼を愛し、尊敬し、信頼するように、彼らの仲間を大切にしていた
。

日曜日の朝だった。「トーマ・クンジ」それは、彼が何カ月も待ち望んでいた声だった。中庭に立ち、トーマ・クンジを見ていたアンビカの目は幸福感に満ちていた。

「遊びに来たかったんだ。毎日あなたのことを考え、虚しさを感じる。学校へ行く途中、何日もあなたを探した。なぜ学校に行かなくなったのですか？何日もあなたに会えなかったので、私の心は重かった。学校に戻ってきてください」アンビカはいろいろなことを言い、息苦しそうだったが、その表情には希望が感じられた。

「アンビカ、私は具合が悪かった。でも毎日、君のことを考えていた。お会いできてとてもうれしいです」と答えた。

「なぜ学校に戻らない？

"私は錆びついた。私はもう学生ではない。校長は、他の学校への転校証明書を出すことを拒否しました。彼の言葉は明瞭で柔らかく、憎しみも復讐心もなかった。

アンビカは自分の聞いたことが信じられないといった様子で驚いたように彼を見た。突然、感情が爆発した。彼女がすすり泣き、悲しみを表現しているのが見えた。

「トーマ・クンジ、愛しているよ。大きくなったら、あなたと結婚したいの。真実は彼女の魂から生まれ、心臓のように脈打った。初めて彼女は愛について、それも形式張らずに、わかりやすい言葉で語った。

「私も愛しているよ、アンビカ。君のことをよく思い出すよ。ふたりで川を泳いで渡る夢を見たよ」。トーマ・クンジは彼女の目を見つめながら、ゆっくりと言った。

「私はあなた一人を待っています」と彼女は去っていった。

突然、誰かがトーマ・クンジに触れた。その手は、彼が両親以外に経験したことのないほど力強く、頑丈で、同時に思いやりのあるものだった。神の手。絞首台の下という最終目的地へと優しく導かれる手から、彼はそれを鮮明に感じ取った。彼は長年、いや永遠にその手を待ち続けていた。彼の心は一瞬動揺したが、どこもかしこも静寂に包まれているにもかかわらず、周囲の声に耳を傾けようとした。無限の指から電流が流れ、体に戻ってくるような感覚だった。一生に一度の経験である永遠が間近に迫っていることに魅了されたトーマ・クンジは、自分自身を見つめた。それは創造の体験であり、宇宙の始まりであり、粘土から新しいアダムが出現することであり、陶芸家が壺を成形するようなものであり、心をなごませ、優しく、すべてを包み込むものだった。彼はエデンから牢獄の暗闇に追放された男だった。彼は罪のない者であり、十字架のように罪を背負ってカルバリーに向かった。彼に触れた手は処刑人のもので、トーマ・クンジはそれを知っていた。神が絞首刑執行人に進化し、トーマ・クンジがキリストとなり、彼は一歩前に踏み出した。足場の足音は滑らかで、その上に立つことは、11 年間待ち続けた後の最高の達成感のようだった。毎日、朝の 3 時から 5 時まで足音を待ち続けた 1 年間の独房生活の最後だった。絞首台に触ったり、体験したり、縄の荒々しさを感じたり、採石場の中でぶら下がることへの好奇心があった。絞首刑執行人に足を縛られた彼は、体の重さを感じながらも、まるでエベレストの頂上にいるような気分だった。脚に巻かれた結束バンドは永遠の抱擁であり、優しく柔らかいが、堅固で逃れられない。

しかし、アンビカの最初の抱擁は心地よく、アヤンクヌの森に隣接する丘の中腹に激しい炎が燃え広がるように、彼の存在のあらゆる細胞に高揚した稲妻を生み出した。

「トーマ・クンジ」と彼女は呼んだ。恐怖が彼女の目を蝕んでいた。

″父が私の結婚を取り持った″アンビカは震えていた。彼女はやっと 16 歳になったばかりで、10 級上の高等学校の 1 年生だった。アンビカは自宅

の玄関先に立っていた彼に向かって走り寄った
。

彼女の舌は、まるで乳首を飲み込み、鼻で母親の乳房を押す幼い雌牛のように、彼の頬と顎をなぞった。上唇、頬、顎の上の、それほど黒くなくざらざらした彼の絨毛は、彼女の唾液で濡れていた。

「どうぞ」と彼女はつぶやきながら、彼を中に引っ張り込んだ。アンビカが彼の家の中に入ったのは初めてのことだった。彼女は再び彼を強く抱きしめ、頬にキスをした。

彼女の顔と手は激しい打撃で腫れ上がっていた
。

「父は私に、大嫌いな人との結婚を強要している。彼はマルクス主義党の青年部の復讐隊を率いています」とアンビカは泣きながら言った。

「アンビカ」とトーマ・クンジは何度も彼女の名前を呼んだ。

「ここから逃げるんだ。私はあなたとともに生き、そして死にたい。父は、私が悪魔との結婚に同意するのを拒んだので、私を叩いた。丸１週間、部屋に閉じこもっていた」。アンビカの言葉は不明瞭だったが、彼女が経験した深い苦悩が伝わってきた。

準備はできているよ、アンビカ、ヴィラジュペットかゴニコッパルかマディケリに行こう」。

私たちはそこで幸せな生活を送ることができる。さあ、この地獄から脱出しよう。でも、私たちはまだ 16 歳で、結婚するにはあと 2 年待たなければなりません」トーマ・クンジはそう答え、彼女の手を握り、胸の横に置いた。彼は胸に彼女の小さな乳房を感じた。

″アンビカ！″外で轟音がした。

トーマ・クンジは、手斧とレイシを持った男たちの一団を見た。2 人が中に駆け込んだ。彼らはアンビカをトーマ・クンジの手から引き抜いた。

「血まみれの豚め、罪の報いを受けろ」とアンビカの父親は娘を引きずりながらトーマ・クンジに怒鳴った。

彼女を追いかけたら、首を切るぞ」。彼女の世話はどうするんだ？お前には口ひげもないじゃないか」若い男が叫び、粗末な剣をトーマ・クンジの首筋に向けた。

「トーマ・クンジ」アンビカのすすり泣きは、嵐の前の夕暮れに響くタマリンドの葉のざわめきのように聞こえた。

トーマ・クンジが絞首台に向かって歩いたとき、剣を持った若者はケララ州の教育大臣だった。トーマ・クンジは、トーマ・クンジがホステルのパイプラインの修理に行ったとき、同じ若者が女子寮の部屋に隠れていたことを知らなかった。

死刑制度は、未成年の少女をレイプして殺害したことへの報いであり、犯人が誰であれ、誰かがその刑罰を受けなければならなかった。それとも、アンビカを受け入れ、彼女の愛と信頼に応えるためだったのか？両方かもしれない。投獄が必要である以上、絞首台での死は避けられない。無実の者は罪、汚れ、そして罪を拭い去ることができる。縄による死は、強姦、絞殺、殺人の代償としては不十分だったが、死は最後の報いだった。トーマ・クンジは、神の国の教育大臣になった国土交通省の息子に何もできなかった。

彼は隣に立つもう一人の囚人の気配を感じ、彼の荒い息遣いを感じ取った。ハーレムの匂いがトーマ・クンジを包んだ。マシュラビーヤ、アバヤを着た妾たち、右手にシミターを持ちラザクを探すアキーム、左手には血の滴るエジプト人の斬首。

「あなたですか、トーマ・クンジ」とかすかな声がした。トーマ・クンジはすぐにその声に気づいた。

「ラザック」とトーマ・クンジはささやいた。

「私はアキームの槍のように、彼女とその愛人を槍で突き刺した。スパイクが心臓を貫通したんです。彼女は妊娠４カ月でした」ラザックの声は弱々しかった。

「しかし......」トーマ・クンジは自分の言葉を完成させることができなかった。

「アキームに憑依された。殺人には性的な充足があり、去勢された男の喜びがあった。私は絞首台のない別の刑務所にいた。昨夜、ここに着いたんだ」。

「ラザック、すまない」とトマ・クンジはささやいた。

「私はパダチョンに、彼なしでも存在できることを証明できる。72 時間も必要ない」とラザックがつぶやいた。

突然、トーマ・クンジは地方判事の声を聞いた。彼は令状を読み上げていた。最初はラザックのもので、次にトマ・クンジのものだった。

誰かがトーマ・クンジの耳元でささやいた。

トーマ・クンジは首に縄がかけられているのを感じ取り、処刑人は数秒のうちに縄を締めた。トーマ・クンジは脊髄を断ち切られ、痛みもなく即死できた。彼は子豚だった。処刑人が何千匹もの子豚の頭を屠殺場内に押し込んでいるとき、彼は兄弟の子豚の金切り声を聞いた。その兵士はジョージ・ムーケンの前に立ちはだかり、娘の夫の首を粉々に砕こうと二連銃を構えて床に倒れていた。その悲鳴は、エジプト人妾の血が滴る剣を手にしたモハメッド・アキームの恐ろしい叫び声のように聞こえた：

″アッラー、私はムルヒッドの首を切る″

そしてビジョンがあった。裁判官はトーマ・クンジの前に現れた。60 歳前後で、流れるような銀髪だった。トーマ・クンジの近くに立ち、ポツリと言った：

「君は私の息子、私の一人息子だ。私はあなたに満足している。その声は列車の汽笛のようだった。

「いいえ、あなたは私の父にはなれません」トーマ・クンジは心を開いた。

「息子よ、私は君をとても愛していた。私は、来世で永遠の命を得るために、現世であなたを試したのです」判事はトーマ・クンジをなだめすかし、自分の行動を合理化しようとした。

「あなたは邪悪だ。私の母を苦しめた。あなたにとって、自分の命だけが貴重で、自分の喜びのためにすべてを行い、自分の決断は常に最終的なものなのです」とトーマ・クンジは叫んだ。裁判官と対決する勇気はどこから出てきたのだろう。

「私を父親として受け入れてください」と判事は懇願した。

「クリエンは父、エミリーは母。消えろ、地獄に落ちろ」とトーマ・クンジは叫んだ。彼の声はアラビア海のサイクロンのようにあちこちに響き渡った。

まるで雷と千の稲妻が鳴り響くかのように、全世界が震え上がった。トーマ・クンジは、アヤンクンヌ教会前の花崗岩の十字架が倒れるのを感じた。三等分に割れた。

アンビカはブラマギリの朝もやのように美しく、彼に話しかけていた。アンビカはトーマ・クンジがチーク材で作ったソファに座っていた。フィルターコーヒーのいい香りがバルコニーに漂っていた。彼はその匂いを気に入り、妻の存在を楽しんだ。子供たちは中庭で遊んでいた。

楽園でクーデターが起きた。多勢に無勢で、アッラーのもとから天国を解放し、忠実な男性信者を性的快楽のために女性のいないアルジャヒムに押しやった。楽園の出口ゲートには、ムハンマド・アキームの切断された首を持ったエジプト人女性がいた。

思いがけず、トーマ・クンジはラザクの最後の叫びを聞いた。アラビアの砂漠の激しい砂嵐のようだった：

″アミラ″

著者について

ヴァルゲーゼ・V・デーヴァシアは、タタ社会科学研究所の元教授兼学部長であり、タタ社会科学研究所トゥルジャプール・キャンパスの責任者でもある。ナーグプル大学MSSソーシャルワーク研究所（ナーグプル）教授兼校長。

ムンバイのタタ社会科学研究所で犯罪学と矯正行政を専攻し、修士課程ではカヌール中央刑務所付属のボスタル・スクールを研究した。法学士号では刑法を専攻し、修士論文では殺人事件を扱った。彼は博士号を取得するため、ナーグプル大学でナーグプル中央刑務所の220人の有罪判決を受けた殺人者について研究した。ベンガルールのナショナル・スクール・オブ・インド大学で人権法のディプロマを、ハーバード大学で正義の修了証を取得。

インド政府内務省は、『Indian Journal of Criminology and Criminalistics（インド犯罪学・犯罪学ジャーナル）』誌に、『*犯罪殺人における男性受刑者の性的行動*』、『*犯罪殺人における被害者加害者の関連と相互作用*』、『*犯罪殺人の現象*』など、彼の代表的な研究論文を掲載した。Indian Journal of Social Workに掲載された彼の論文「*Victim Offender Relationship in Female Homicide by Male*」は、広く引用されている研究論文である。犯罪学、矯正行政学、被害者学、人権学の学術参考書を 10 冊ほど出版。

ロンドンのオリンピア・パブリッシャーズから短編集『*A Woman with Large Eyes*』を出版。コッタヤムの Book Solutions Indulekha Media Network から出版されたデビュー作『*Women of God's Own Country*』で、浮世絵出版から年間最優秀小説賞を受賞。浮世音出版から小説『*セリベート*』『*アマヤ・ザ・ブッダ*』を出版。著書にマラヤーラム語の短編小説『*Daivathinte Manasum Kurishuthakarthavate Koodavum*』（カリカットのマルベリー・パブリッシャーズ刊）がある。ケララ州コジコデ在住。

E メール：*vvdevasia@gmail.com*

www.ingramcontent.com/pod-product-compliance
Lightning Source LLC
LaVergne TN
LVHW041702070526
838199LV00045B/1164
9789358466775